U0857218
DREAM
少年梦·青春梦·中国梦：中国故事

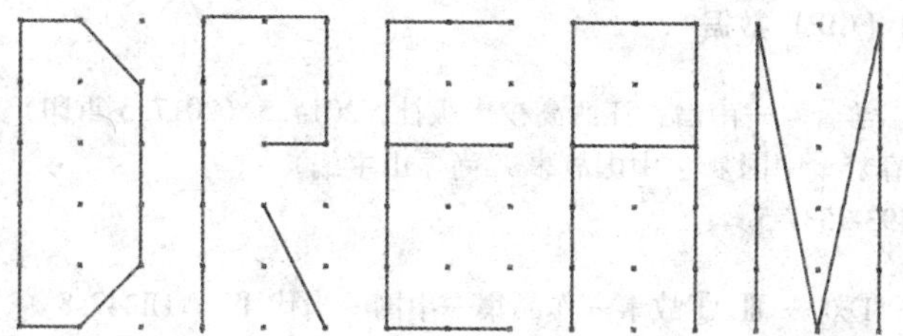

少年梦 · 青春梦 · 中国梦 · 中国故事

卖伞姑娘

刘志学 著

江西高校出版社
JIANGXI UNIVERSITIES AND COLLEGES PRESS

图书在版编目（CIP）数据

卖伞姑娘/刘志学著. —南昌：江西高校出版社，2014.5（2017.5 重印）
（少年梦·青春梦·中国梦：中国故事/尚振山主编）
ISBN 978-7-5493-2537-5

Ⅰ.①卖… Ⅱ.①刘… Ⅲ.①故事—作品集—中国—当代 Ⅳ.①I247.8

中国版本图书馆 CIP 数据核字（2014）第 106239 号

出版发行	江西高校出版社
社　　址	江西省南昌市洪都北大道 96 号
邮政编码	330046
编辑电话	（0791）88170528
销售电话	（0791）88170198
网　　址	www. juacp. com
印　　刷	北京一鑫印务有限公司
照　　排	麒麟传媒
经　　销	各地新华书店
开　　本	710mm×1000mm　1/16
印　　张	14.5
字　　数	208 千字
版　　次	2014 年 6 月第 1 版
	2017 年 5 月第 2 次印刷
书　　号	ISBN 978-7-5493-2537-5
定　　价	28.00 元

赣版权登字-07-2014-239

目 录

CONTENTS

怀念黄毛

黄毛不是一个人，是一条狗，一条乡村街道上经常可以看到的极普通的柴狗。

在初春的深夜里，我一个人静静地坐着，在想念着一条名字叫做“黄毛”的柴狗。

其实黄毛已经死掉二十四年了，我记得很清楚。它是在我十四岁那年被人杀掉的。

它是一条很优秀的狗，它不应该被人杀掉的，但它却最终被人杀掉了。下面我就来给你讲讲黄毛被人杀掉的原因，还有，我在许多往事都忘却了的二十四年后，仍然要写这篇文章，怀念它的原因。

黄毛是我的父亲从邻村抱来的一条小狗娃。刚抱来的时候，它丝毫没有显示出与别的狗有什么不同的优秀潜质来。它一样唧唧呜呜地抗议着人类把它从它母亲的乳头下拽下来，离开它的兄弟姐妹们，而孤单单地游走在一个陌生的庭院里。

一开始我并没有对黄毛表示出多么亲近或者喜爱的举动来，其实我心里还有点儿嫉妒。因为那个时候家里的口粮很紧张，而父亲却用连我也极少能够享受得到的白面馒头很细心地喂它——还是买的——我记得更清楚，那白面馒头，一毛钱一个。

黄毛在白面馒头的滋养下居然很快长高了，个头似乎在很短时间内，就达到了我腰的高度。它不再唧唧呜呜地想它原来的家，开始忠诚地成为我们家的一员。长高了的黄毛在经过一个春天之后，渐渐褪去了原本乌唧唧的胎毛，换上了一身泛光油亮的黄灿灿的兽毛。父亲也许是有先见之明，知道黄毛长大了会蜕变成一条黄狗，所以黄毛刚一进我们家门，他就叫它“黄毛”了，我便也叫它“黄毛”。

我那个时候刚上初中，因为上学早，所以个头在班上和同学们比起来，就显得很矮，受欺负便成了必然的待遇。

因为我不肯把新买的小人书《智取威虎山》让班上的瓜皮看，瓜皮就在一个很黑的夜里，带着几个同学拦住了我的路，说要把我的小人书连同书包一起，扔到村子中间的小河里。我当时就有了杨子荣遇见了座山雕的感觉，但那仅仅是感觉而已。杨子荣是孤胆英雄，我也想当杨子荣，但两条腿不听我的话，总是打晃，而且我说话也有点儿不利索，上下牙老打架。

就在这个时候，黄毛突然钻到了我面前，冲着瓜皮他们龇着牙，凶恶地吠。我从来没有见到黄毛这么凶神恶煞过；而且，在瓜皮试图要镇压黄毛时，黄毛丝毫没有犹豫地就把瓜皮攥了一块砖头的手衔在了獠牙缝里。于是，瓜皮便真的像小人书上的座山雕那样，由不可一世开始向我讨饶，哀求我赶快使唤黄毛，放了他的那只手。

我当然很得意，很是扬眉吐气地拍了拍黄毛的脑袋，然后就昂首回家了。黄毛自然晃着尾巴，跟在了我的后头。

父亲说“狗眼看人低”。从那以后，黄毛只要一见到瓜皮，就立即龇着牙吠，并毫不犹豫地追上去试图再把他的手或者身体上的什么部位衔在嘴里。黄毛就像电影里遇见了八路军的日本鬼子那样，肯定抱头鼠窜。而且，从那以后，黄毛就陪着我上学、放学，走到哪儿，就跟到哪儿。我开始上课了，它就蹲在教室外边，就那么一直蹲着，蹲到我下课，跟它玩一会儿，然后再蹲着等我下课，或者放学。

瓜皮就恨极了黄毛。因为黄毛让我在班上的威望迅速超过了他，而且他时不时被黄毛追着的窝囊样子，也开始成为同学们奚落他的主要内容。

但后来我却对父亲那句“狗眼看人低”的话产生了怀疑。因为我父亲是村里的医生，经常有黄毛不认识的人到我家里请父亲出诊。黄毛对每一个陌生人都怀有敌意，但只要一看我父亲或者我的家人对来人很亲热，就立即收起敌视的眼光，开始晃那条蓬蓬松松的大黄尾巴。而且，只要来我家的陌生人在我家里吃一顿饭，它就会牢牢记住，即便是在其他地方再见到了，也会很快跑过去，晃着尾巴表示亲热。

忘了什么原因，总之瓜皮也和他爹在我家吃了一顿饭。一开始黄毛照样势不两立地对着瓜皮狂吠，我父亲怎么吼它，都不管用。瓜皮便惊恐地躲在他爹身后，眼里流露出朝我求援的意思，我当然熟视无睹。

但黄毛一看到我父亲和瓜皮爹坐在我家的饭桌上开始推杯换盏的时候，黄毛居然立即对瓜皮的态度发生了天翻地覆的变化，摇着尾巴向它献媚不说，还伸出舌头舔着那天晚上它咬过的瓜皮的那只手，可能是表示道歉吧。瓜皮一开始受宠若惊，不敢接受黄毛的热情，但看到黄毛执拗地绕着他转，就对黄毛也对我投过来一种很感激的目光。

我却在肚子里一直骂黄毛是叛徒！

黄毛最终还是死在了瓜皮手里。等我知道黄毛已经被人勒死了的时候，黄毛的肉已经被瓜皮的爹煮熟了，只还给了我一张黄毛的皮！

——瓜皮的爹是支书。上头号召灭犬，于是瓜皮就利用黄毛早就对他消失了一切敌意的条件，诱捕了黄毛，让他爹把一条绳索套在了黄毛的脖子里……

我记得我抱着那团滴着血的不再有光泽的皮囊，把脑袋埋在那团黄绒绒的血腥里痛哭号啕的时候，父亲在一旁吸着烟，说：“狗眼看人低。越通人性的狗越是畜生！”

然而，二十四年过去了，我忘掉了许多往事，我却在初春的深夜里，静静地坐着，在城市冰冷的水泥建筑里，想念着一条名叫“黄毛”的柴狗。

裸 葬

瓦罐爷的祖上穷，穷得房无一间、地无一垄。瓦罐爷领着老婆孩子一直沿着黄河岸讨饭，直到土改时，才分得了骑河镇上大户人家的一所房子，当然，也分得了土地。

喜气洋洋地从骑河镇上的城隍庙里搬进那所大瓦房后，瓦罐爷又来到了白天刚刚分得的六亩多地上，望着地头量地时村长石夯插下的那块写着“杨瓦罐，六亩七分”的木牌子，嘴里一遍一遍地自个儿问自个儿：“这地……是俺的么？这地……是俺的了……是俺的么？”喃喃了一阵后，竟在那六亩多地上磕起了头，从地这头磕到地那头，他自己也数不清楚在月光下磕了多少头，他自己也说不清楚这头是给谁磕的。

之后，瓦罐爷就朝朝暮暮地悉心伺候着那六亩多地，自然，土地也回报了他一季一季的丰收的五谷。

一转眼，村长石夯敲钟开会，要搞“互助组”啦！上头的政策，全镇谁家都得搞。瓦罐爷找石夯村长问：“互助了，那地还是不是俺的？”石夯说：“是！分给你了，谁也要不走。”瓦罐爷放心了，就随大伙儿一起搞“互助组”。

一转眼，村长石夯又敲钟开会，说要“大跃进”，要“提前实现共产主义”，也是上头的政策，全镇谁家都得搞。瓦罐爷又找石夯村长问：“共产主义了，那地还是不是俺的？”石夯这回熊了瓦罐爷一鼻子灰：“我说你的思想咋恁落后？啥你的我的？都是党的！党叫咱过上了好日子，要实现共产主义哩！别说那地，连房子、连人，都是党的！”瓦罐爷尽管一肚子狐疑，但他信党。党叫干的事儿不会有错儿！于是就随大伙儿一起“跃进”了。

那一年是五八年。立秋了，地里的庄稼铆着劲儿长，好得叫瓦罐爷夜里睡不着觉。虽然大伙儿都合了灶，挤在大食堂一块儿过共产主义生活，但瓦罐爷夜里总忍不住跑到原先属于自己的那六亩多地上，望着满地的庄稼发呆。

该收秋了，石夯领着大伙儿“大炼钢铁”，整个骑河镇的棒劳力都去“赶英超美”了，地里的庄稼就剩一些老弱病残在往家里收。瓦罐爷那时正当盛年，当然也随石夯去大炼钢铁了。炼到入冬，抽空回到骑河镇，发现漫地的庄稼大多都还长在了地里！光把地上红薯、花生的秧儿割了，地下本该收获的果实却还好好地埋着，一上大冷，就会全烂掉的！瓦罐爷这回拽住石夯不依了。他骂石夯：“庄稼人不干正事儿，糟蹋地，糟蹋粮食，要天打五雷劈的！”骂得石夯急了，就黑着脸敲钟。他要开批斗会，批瓦罐爷，说他思想落后、反动，妄图破坏大好形势！

挨了批的瓦罐爷被罚去挑大粪。他天天阴着脸，挑着两个臭烘烘的大粪桶，从镇上转到地里，从日出转到日落……

有人发现，瓦罐爷老是挑着粪桶在原先属于自已的那六亩多地上转，就汇报给石夯，石夯就断不了领着大伙儿开瓦罐爷的批斗会……

转过年儿，全镇的人可就挨了饿。石夯领着大伙儿“放卫星”，把粮食种子都交到上头了，村里人只好一块儿在大食堂里吃麦秸、花生秧、红薯秧混在一起磨的“淀粉”。没接住新麦下来，“淀粉”也吃光了，就去剥树皮，树皮吃光了，就只好饿肚子。

瓦罐爷本来瘦瘦的，但这会儿浑身却肿得像吹起来的尿脬，正当壮年的他连路都迈不动了，却仍摇摇晃晃、一步三喘地硬撑着去挑大粪。瓦罐爷最后的两小半桶大粪仍执拗地倒在了原先属于自已的那六亩多地上，之后，便一头扎在了“土改”时分给他的那座瓦屋里，再也起不来了。挨到后半夜，已气如游丝的瓦罐爷突然极力睁开了已肿得仅剩一条缝的眼睛，嘴唇嚅动了半天，才声音小得像蚊子哼哼那样，对守在床前的妻儿说：“去……叫村长来……”

村长石夯已经是骑河镇的大队长了，也跟着大伙儿一起挨饿。他摇摇晃晃、有气无力地赶来时，瓦罐爷突然来了精神，两道眯着的眼缝里透出了亮亮的光。见多识广的石夯说那是“回光返照”。瓦罐爷支走妻儿，把熬了一辈子剩下的一点儿时光留给了石夯。直到石夯突然在屋里号：“瓦罐哥啊——呵呵——你走啦？你是饿死的呀——呵呵呵——”瓦罐爷的妻儿才惊恐地涌进屋里，跟着石夯一块儿号啕……

那一年，别的村都饿死了很多人，只有俺村，仅仅饿死了瓦罐爷一个。全凭了瓦罐爷不知啥时候在原本属于他自己的那六亩多地上挖的那个大地窖。谁也不知道他是啥时候挖的，隐蔽得很好，镇上的人天天从那儿经过，也不曾发现。这个很大很大的地窖里藏着很多粮食，有花生、谷穗、玉米棒子等等，还有一大堆带着荚的黄豆和早就烂掉了的红薯、萝卜……

这些救命粮都是瓦罐爷用那两个臭烘烘的粪桶，偷偷地、一趟又一趟地把当初那些扔在地里的粮食挑过来藏好的。他挑起了全镇上千口人的命啊！

瓦罐爷要出殡了。大队长石夯差人为瓦罐爷打了一口上好的榆木棺材。盛殓着瓦罐爷来到他生前亲手挖的那个大地窖前时，石夯突然叫人启开棺盖，把瓦罐爷从榆木棺材里请了出来——瓦罐爷是装在一个大布袋里入殓的！下了那个大地窖把瓦罐爷端放好，石夯“扑通”一声跪在瓦罐爷的脚前，流着泪慢慢地和几个小伙子把那个大布袋从瓦罐爷的身上褪了下来——静静地躺在地上的瓦罐爷竟光着身子、一丝不挂！石夯哭着对大伙儿说：“瓦罐哥临‘走’时说，他不要棺材，也不穿衣裳，那会把他跟自个儿的土地隔开，他要从头到脚都混在土里去见祖先……咱得听他的啊！”

那口榆木棺材便没有派上用场，放在光着身子的瓦罐爷身边一起下葬了。里边空空的，就葬了一块木牌子，是那块“土改”分地时插在地头的写着“杨瓦罐，六亩七分”的木牌子。瓦罐爷保存得好好的，那上边光光亮亮的，不知被他抚摸了多少回。

开始封土了。石夯和瓦罐爷的儿子跪在地上，用手捧着一掬掬细细的、曾是瓦罐爷亲手挖起来的黄土，极小心地盖在瓦罐爷的身上、脸上，等把瓦罐爷全部盖上时，十几个小伙子才一锨一锨地、小心翼翼地往那个很大很大的地窖——瓦罐爷的墓坑里撩土。

渐渐地，原先属于瓦罐爷的那六亩七分地上堆起了一座很大很大的新坟墓……

那年交学费

春节过后，新学期开学了，两个儿子都要交学费，一伸手，就拿走了我两个月的工资。而我，却坐在静静的办公室里，回忆起了三十多年前，我和我的弟弟妹妹们为了新学期的学费而发愁的一段苦涩往事……

那一年，寒假结束了，学校如期开学。父亲在县城住院，母亲也因陪护父亲而不在家。他们临走时没留一分钱，已上五年级的我和妹妹弟弟已不止一次被老师赶出校门。妹妹又哭着回家了："哥！不交学费老师不让上课，人家的新书都发了，咱咋办啊！"

我们兄妹三个的学费一共要六块五毛钱，父母不在家，我到哪儿去弄钱啊！十二岁的我第一次因为钱失眠了……

村里来了个补塑料壶的。我着了魔似的跟在他后面看了一天。隐约感觉到我们兄妹三个的学费似乎有希望了。等我确信自己已把这套技术"偷"到手后，就连夜开始准备了。

准备了两天，我吩咐妹妹照看好家，就和弟弟抬着一个小火炉趁天没亮出发了。

转了两个村子，也没揽到一宗生意，因为我实在张不开口像那位"师傅"似的喊："补塑料壶啰——"村里的人以为我们是两个淘气的孩子，甚至还有人劝我们："小孩儿不能乱玩儿火啊！"

眼看中午了，我和弟弟已是饥肠辘辘，走到一片瓜地旁实在走不动了。弟弟望着满地的大甜瓜直咽口水。这时，那位看瓜的老人走了过来，打量了半天问："大晌午的抬个火炉干啥？"

不知咋的，我像受了委屈，鼻子酸酸的，断断续续地向老人说了一遍我家的事儿。没想到老人听完后说："好小子，有志气！走，进瓜棚里歇会儿。"在瓜棚里坐下后，老人摘了好几个面得裂了口儿的甜瓜，我和弟弟狼吞虎咽地吃起来。

老人坐在一旁一边敲着旱烟袋一边说："这么小就知道挣钱养活自己了，不简单啊！可是你得吆喝呀，你不吆喝人家知道你是干啥的？"

下午，老人领着我们回到他们村，满村跑着为我们揽生意。不一会儿就有人送来了十几个烂了洞的塑料壶。

谁知道，想着那么简单的事儿做起来却不容易。按"师傅"那样把塑料熬好了，也摊到了漏洞上，等拿玻璃片儿去压光时，不小心让滚烫的塑料糊粘到了手上，疼得钻心。不大一会儿两只手布满了烫伤的水泡，我咬着牙强忍着。

四周站满了看热闹的人。他们边看边议论着我和弟弟。一位大娘走上去托着我的手说："孩子呀！能补住不漏就中了，光不光的不要紧。你看你的两只手……"听了这话，我的泪忍不住落到了两颊上……

晚上收工时，已经补了十几个塑料壶。不管大洞小洞，每个两毛。我掏出口袋里的钱数了数：才三块多。天已经黑了，还有几个没补完。临走时，那位看瓜的老人把我们弟兄俩送到村头说："明儿还来吧，我再给你找点活儿。"

那时候小，竟连个"谢"字都不知道说……

三天后的晚上，我又数了数藏在枕头里的一大堆零零碎碎的钞票：二十一块六。第一次有这么多钱，我激动得一夜没睡好，放了好几个地方都感觉不保险。第二天早上起来，除掉我们的学费，剩下的我全部交给了叔叔。我想了一夜，感觉还是大人保管比较安全。叔叔把钱收起来后，我又说："叔，你到集上割点儿肉吧，俺从俺爸住院到现在都没吃过菜。"叔叔看着我烫得满是燎泡的双手，使劲儿点了点头。

学费交了，老师自然也让上学了。下午放学，叔叔买的两斤肉也送来了。我拿着刀割下一块，让弟弟送到了叔叔家。妹妹望着剩下的一块问："哥，咋吃啊？"

我想了半天说："包饺子！"

再给老师背课文

正在焦头烂额地忙着，手机突然响了，我高中时的班主任郭老师来了。我把手头的工作交代了一下，就急匆匆地下了楼。

郭老师早就从讲台上走下来了，听说现任老家镇上的教办室副主任。这么多年没见了，他肯定老多了……

把郭老师接回来后，我立即抄起了电话。大中、胖猴、瓜皮、毛豆……在郑州工作的同学我几乎都通知到了。

郭老师见我忙得一头汗，在一旁说："他们都忙，我也没啥大事，别影响他们了。"

把郭老师要办的事尽力办妥后，我们又商定晚上在一家还算可以的酒店里招待他。

开始吃饭了。我们都极热情地劝郭老师吃菜，给郭老师敬酒。离开学校十六年了，我们都尽情地向老师表达着内心的崇敬。印象中他的酒量不行，几杯喝完，郭老师的脸就开始发红了，但他对我们敬的酒却不推辞，一杯接一杯都喝得干干净净。

等我们喝完第一瓶酒时，我已感觉刚才那种因拘谨而隐约地折射出来的"代沟"已不复存在。

服务员小姐把音响打开了。当年的同学大中拿起了话筒："亲爱的同学们，我们敬爱的郭老师莅临郑州，我们十分高兴。教师节马上就要到了。祝愿我们的郭老师和天底下所有的老师们永远快乐，永远年轻！”接着，他唱了一首《好人一生平安》。一曲终了，郭老师的眼睛里亮闪闪的，等大家安静下来，他说：“看到你们生活得都很好，我很高兴。当个老师，不管走到哪里，只要能见到自己的学生，就很满足了。今天晚上，作为你们的老师，我感到很幸福；但是，你们太浪费了，这顿饭恐怕得上千元吧。太可惜了，太可惜了……你们忘了啃窝头、吃咸菜读书的时候了？”

“我们没忘。郭老师，您当年没日没夜地教我们知识，我们只是想表示一下当学生的心意！”已经是一家广告公司董事长的胖猴急忙接上了老师的话茬。

“我吃得不踏实啊！家里还有多少学生连学费都交不起呢。你们的老师不是外人，这样花钱……”郭老师盯着那桌上的菜，像在自言自语。

我们都沉默了，识趣的服务员也关了音响。

良久，我走过去说：“郭老师，我是您印象里最不争气的学生。马上就是您的节日了，我想了一句话，送给您和所有教过我的老师吧！”服务小姐拿来了纸和笔，我写道：“有姿立天地，无意伴风云。”

等郭老师把那片纸叠好放到了口袋里，我拿起了话筒，什么也没说，唱起了《童年》。

慢慢地，会唱这首歌的同学都随了上来：

“……一寸光阴一寸金，老师说过寸金难买寸光阴……”郭老师的眼睛紧盯着荧屏，嘴角一动一动的，似乎也在跟着我们唱这首遥远的《童年》……

等大家的情绪都平静了，半天没说话的瓜皮给老师倒了一杯茶说：“郭老师，您当年教我们的语文课我还没忘呢。我给您背一段课文吧！”他蹲下来，扶着郭老师的膝盖开始背诵：“太行、王屋二山，方七百里，高万仞。本在冀州之南，河阳之北……”

循着瓜皮朗朗的声音，仿佛有一种氛围把我们带回了那久违的课堂。此刻，我们的心灵又像少年时那般质朴和纯净。不由自主，我们都回到了那个神圣的讲台下：“操蛇之神闻之，惧其不已也，告之于帝……自此，冀之南，汉之阴，无陇断焉。”大家一丝不苟、一字不差地随着刘恒增背完了《愚公移山》。

房间里静得没有一点声音。郭老师已经站了起来，那神态，就如同当年站在三尺讲台一样年轻，他的眼睛里，早已溢满了泪水……

三好学生

上高二时的那个冬天，快要放年假了，有一次晚自习前大家得到情报，班主任郭老师要在两天后的早自习课上公布本学期“三好学生”名单。我和同班的大强自知郭老师经常斥责我俩是羊群里钻进来的黄鼠狼，数我俩个头小数我俩懒，因而想当“三好学生”肯定无望，于是我们不管别人脸上的阴晴变幻，只顾在教室里嬉闹。

刚趁大强不注意用粉笔在他后背上飞快地画了个小乌龟，就有快嘴者及时告密。大强自然要报这一“画”之仇。怎奈他个头长得比我还可怜，刚交手不大一会儿就落荒而逃。我因被偷袭了一个“屁股蹲儿”自然要穷追不舍。于是，本来安安静静的教室，就让我们俩闹得鸡飞狗跳。同学们暂时把“三好学生”的事儿搁到了脑勺后头，纷纷一脸坏笑地怂恿我“追穷寇”。得到群众支持的我勇气大增，一气儿在教室里把大强追得丢盔卸甲。

不知道哪个不安好心的家伙暗中使了个绊子，正一鼓作气要大获全胜的我摔得痛痛快快地坐在地上咧着嘴直吸凉气。等回过神儿来去找大强时，哪还有他的影子？

我断定他一准儿逃出了教室，便就近凑到一樘窗户前想看个究竟。夜色中窗台下面有颗脑袋在晃动。嘿，这家伙，蠢得躲到这儿来了！我返身冲教室里的同学们做个鬼脸，伸出右手，“啪”地一掌下去，劈了个准确无误。

那颗脑袋猛地抬了起来，天哪！是郭老师！

我想我那会儿的脸色肯定由黄变红、由红变白了，反正两条腿开始“筛糠”了。

郭老师使劲儿揉了揉他那双高度近视的眼泡儿，凑到我面前看清了我的五官后，笑眯眯地问：“你见我眼镜啦？”

——原来，他是弯着腰在窗台下找眼镜！

“郭老师，给，我俩都替你找半天了！”鬼才知道大强这小子从哪儿钻出来了，手上竟捧着郭老师那副黑框儿眼镜，趁郭老师戴眼镜的工夫，还一个劲儿地冲我挤眼儿。

“谢谢你们，谢谢你们!”郭老师戴好眼镜后，昂首阔步走进了教室……

——你绝对想不到，那学期仅有的四个“三好学生”，我和大强就占了一半儿。

父亲的老药箱

从我记事时起，父亲的肩头上就挎着一个棕色的、印着红十字的小药箱，在村子里从日出转到日落。因为父亲的缘故，从我上小学时起，老师们就对我格外优待——坐教室里最好的位置，当班干部，甚至临考试前为我开小灶。当然，他们的家人染疾，也由我立即通知父亲去出诊，而且我还总是说：爸爸，是俺老师让我……

背着药箱的父亲为我带来了尊严和骄傲，我也就格外尊敬父亲和崇拜那个小药箱。然而，后来我却开始讨厌甚至仇视那个药箱了。

一日三餐，父亲不来，我们决不能动筷了，这是母亲反复叮嘱我们的，非到父亲回家或是得到确切的消息父亲不能来家吃饭时，我们才能开始狼吞虎咽。有时夜里我们睡得正香，母亲忽然把我摇醒说：你爸到外村看病去了。天这么黑，路这么远，你去接接他吧。我虽不情愿，却每次都会怏怏地看着母亲焦急的样子，迅速地穿衣服。每次把父亲接到家，他总是很仔细地把那个药箱擦一遍又一遍，确信无一丝灰尘了，就坐在那儿把药箱打开，扔出一堆空盒子，再放进各种各样的、他认为明天要用的新药品，这才会放心地去休息，但这时，往往已是后半夜了。等到第二天早上我揉着惺忪的双眼，准备到学校去上早课时，放在案子上的药箱大多又不见了——父亲一大早又被乡邻喊走了。

幼年的记忆里，印象最深的就是父亲在灯光下擦拭药箱的身影，有时我会倚着门框出神地看上半天。然而，父亲原来魁梧高大的身躯日渐一日地被这小小的药箱压得越来越单薄了，终于有一天，他躺下了……

那晚，已是子夜，北风夹着雪花，一个劲儿地肆虐，父亲还没有回家。母亲攀着门框，站在那里，望着屋门外纷乱飞舞的雪花发呆。我一看母亲的神情，没等她支使，就和二弟冲进了夜幕里。

正走着，二弟突然说：哥，那不是爸的车吗？我揉了揉眼，凑着微弱的雪光才发现，爸爸的自行车倒在路边，药箱也躺在那里，上面已落了厚厚的一层雪。

我立即感到头大了几倍，扔下车和药箱不管，慌忙去寻父亲。父亲大概听到了我俩的声音，发出了一声微弱的呻吟，我们循声望过去：父亲躺在路沟里，蜷曲着身子，手捂着腹部，身上落满了雪。

我和弟弟哭着把他扶起来，爬出路沟，又艰难地扶上了自行车架，却怎么也推不走。父亲喘息着说：去，回家拉车……弟弟踉踉跚跚地跑走了，留下了我和父亲。父亲痛苦得站不住，我们只好蹲了下去：爸，你咋了啊？我哭着喊。

我……我的胃……父亲痛苦得几乎说不出话了。

我一个劲儿地抽泣，站在那里不知所措，猛地瞧见了那药箱，便立即把满腹的怨气朝它发泄，一脚把它踢出了老远。药盒、药瓶散在了雪地上。父亲不知哪来的一股劲儿，呼地站起来，挥手给了我一巴掌：去……收拾……话没说完，就扑通一声倒在了地上……

我没收拾药箱。长这么大，第一次挨父亲的打、也第一次没听他的话。我扳着父亲的肩头哭喊起来……

不知过了多长时间，母亲和叔叔及二弟才拉着一辆平车赶到。母亲抽泣着让我和二弟回家看门，就和叔叔拉起父亲奔去了公社医院……

父亲因多年来的辛苦再加上随时出诊，饮食一直没规律，早就患了五六年的胃溃疡。那晚，是由此而引发的胃穿孔。因发病急且严重，从公社医院转到了县医院，两个多月后才回到家里。

父亲因保守治疗长时间不能进食，人已消瘦得不像样子，头发几乎白了一半儿且老长老长，眼窝凹陷，手指就像枯树枝一样。我简直不相信这就是我的父亲。但父亲一回到家里，眼睛却出奇地亮。当他看到他的药箱落满灰尘地挂在墙上时，眼睛又由明亮到黯淡，嘴里嚅嚅：我不在家，你们也不擦擦……然后就让母亲拿过去，他抱在怀里出神地盯着，坐在那里一动不动。

从此，我再也不敢动那个药箱了，每当看到它，就想起那个风雪交加的夜晚，就想起那晚父亲给我的那重重的、至今还隐隐作痛的一巴掌，但心里却一直仇视那个药箱子。

父亲痊愈后，依然挎着他的药箱，早出晚归，披星戴月，日复一日，年复一年……

我读高中时，父亲已在乡医院上班坐门诊了。那只药箱被遗弃在家里，父亲不再背它了。我心里有了几分窃喜，后来却总见爸爸回家时又在一遍又一遍地擦拭它，擦完后便叹气，坐在那里一支接一支地抽烟，呆望着那被他擦得一尘不染的药箱，眼神里似乎有一丝忧虑。

然而，我们吃饭不再等父亲，因为他每星期才回家一次，夜里也不再总去接他。于是，我便渐渐地把那个药箱遗忘了……

忽然有一天，爸爸竟又神采奕奕地背起了那个药箱，并且借了许多钱，自己开了个诊所。听母亲说：父亲到乡医院坐门诊后不久，村里的卫生所就解散了。乡邻们有了病就很难得到及时治疗，父亲有时看着有些应该立即就地抢救的病等颠簸了十来里路赶到了乡医院时，已经恶化了，甚至有些就因为这把命搭了进去，他就深感内疚。时间久了，他便发现他到乡医院坐门诊其实是个错误，就坚决辞掉了乡医院的工作，回到了家里。村卫生所已不复存在，他就只好自己开诊所。况且，那时已经改革开放了，私人开诊所是政策允许的。

村干部和乡邻们连请了他三天的客。父亲平时很少喝醉，说是怕喝酒过量容易误诊，这几次却都是大醉而归，破天荒地让乡邻们送回了家里。

父亲用的仍是那个旧药箱。几年的门诊坐下来，父亲的身体也比以前好了许多……

尽管我崇敬我的父亲，但我憎恨那只药箱，甚至遗憾父亲这辈子选错了职业，但在他治好李婶的病之后，我以上的观念陡然有了转变。

父亲在别人的心目中是很受尊崇的，便在现实生活中他却生活得那么辛苦、紧张，却又超然和淡泊。他钟爱的是什么呢？是他的病号？是这些普普通通的药品？抑或是这个老药箱？它却早已破旧得补了好几个补丁，而且背带也接了两三节了……

这期间，我们兄弟姊妹几个已相继结婚成家。父亲仍然背着他的那只旧药箱在老家的乡间小路上，走街串巷，早出晚归。我已不能再厮守在父母膝下了，只能在春节期间才能携妻儿回家一趟。每次回家，少不了又郑重地把那只破旧的药箱子打开，把里边的东西一一拿出来，再一一放进去。我沉醉在这个简单过程中，但我每次却都在箱底发现厚厚一沓未付钱的药单。我问父亲时，他总是像想起什么似的，不知又从哪儿拿出更厚的一沓来，然后极认真地把那些药单整理一遍，从中挑出十之七八，拿在手里对我说：账不过年啊！他们都很穷，算了吧！然后就开始叹气。接着就会划一根火柴，慢慢地把它们烧掉……

我私下里曾算过两次账，每次他烧掉的药单总额都不下一两千元。算完账后，我长长地叹气。我再次看见那背着药箱的老父的背影，心里就滋升出一股不可名状的酸楚……

于发卖房

于发大发了。

于发是在连迈了六家门坎儿都没有借到三十元救急钱的窘境中走出了生他养他的这个的骑河镇的，辗转城里四年后，就大发了。

发了财的于发衣锦还乡后的第一件事儿是大摆酒席，把当初拒他于门外的那六家乡邻请到了他的那座院子里——村主任石夯坐了首位。同时请来的还有村里人最看不起的光棍于六，当初是于六卖了他的破自行车给离家出走的于发当路费的。

几杯剑南春下肚的于发夹了一筷子猪耳朵嚼了一阵后猩红着眼开了腔：

“各位老少爷们儿，我于发能有今天，首先得感谢各位高邻……”

村主任石夯及高邻们听了这话，都纳了闷儿……

等盘子里的猪耳朵让于发夹得见了底儿的时候，于发摇晃着身子站了起来。他晃到于六身边攥住了他的手：“六……哥！我还你的自行车。”说完一撩门帘儿——套间里卧着一辆崭新的五羊125！

“城里不是都兴经纪人吗，我……我的经纪人就是六哥。我要盖房，要盖比你村主任石夯……的房还要好的小洋楼。这……这座破宅子谁……要，我卖了。谁……要，找六哥协……商！”

高邻们都拿羡慕的眼神儿看于六。

石夯和另五位高邻们临走时每人也得到了一份礼品——是于发斜着眼儿递到他们手里的。

于发送的礼品是一个包裹得很好看的小纸盒。纸盒里只有一张城里人揩屁股的卫生纸，据后来村里人传言说，那上面还有于发的一口唾沫。

另五位高邻跳着脚骂了几天的街，只有村主任石夯肚量大，他“嘿嘿”冷笑了一声奔了镇政府。

镇政府的民政所长带着石夯的话来找于发，喝完一罐黑油油的可乐后说，石夯村长要买于发的破宅子，让他开价。

于发的爷爷是地下党，“文革”时却冤死在了牛棚里——邻村的、被日本人扎瞎双眼的老八路出来证明，说当年就是于发爷爷领着鬼子抓他，才导致自己被日本鬼子折磨成瞎子的。于是，于发爷爷就成了“狗汉奸”、成了“大叛徒”。后来还是民政所长查清楚了那是一场悔青鼻子的大误会。因为这，那位瞎了眼的老八路还在于发爷爷的坟前扇了自己几耳光，说自己真的瞎了眼！

还了于发爷爷一身清白的民政所长的话于发当然得当回事儿，他搓了半天下巴说：“您说话在俺心里就是圣旨，俺不能不听，这老房子还是靠您跑折了腿，才争来的俺爷的一条命钱盖的房。虽比不上石夯的两层楼，但也是窗明檐高的四合院儿。石夯想要，也中，拿两万块钱来再说话。再说了，他家又不是没房住，要这破房干嘛啊？”

“看你说的啥熊话！他不是有个瘸弟弟吗？听说买了给他娶媳妇的。你如今发了大财啦，两万是不是高了点儿？”民政所长扔了可乐罐也搓开了下巴。

“所长，不是俺驳您面子，知道吗？四年前俺求到他门下借三十块小钱救急用，他不但不给还吐我一脸唾沫，说我是癞皮狗扶不上墙，借给我一分都等于羊肉包砸狗——有去无回！”于发说完狠狠地朝地上吐唾沫。

“石夯那样对你也不是没理由嘛。当初你盖了这座宅子，不是见天儿赌麻将吗？输得连老婆的嫁妆都卖了。要搁是我，也会把你看到茄子地！”

于发听所长揭了他的疤，垂下脑袋不说话了。

“一万八！一分不能少！我卖的是俺爷的那条命啊！”于发垂了半天脑袋扔下一句话就出去弄菜了……

村主任石夯的瘸弟弟最终也没能住上于发的破宅子。于发的在骑河镇上最高最洋的两层洋楼盖好后，搬进那座老四合院儿的竟是那位瞎了眼的老八路。

民政所长来为石夯撮合买于发旧房子那天，喝多了酒，哭着说他这个所长没当好，建国都50周年了，为今天的日子立过战功的老八路，还住在于发爷爷冤死了的、那座快要塌了的土坯房里……

冰上梅

骑河镇之所以叫骑河镇，是因为村子中间有条河，叫凉水河。凉水河正好从东西长四五里地的骑河镇中间穿过去，所以骑河镇就叫骑河镇了。被骑河镇骑着的凉水河的岸边有一个骑河镇学校。骑河镇学校一共有四十多名学生分了三个年级三个班。学校里只有一个老师，老师叫梅。

一遇雨天，凉水河就要发洪水，骑河镇学校就得停课。凉水河上急需架一座桥——哪怕是一座简简单单的石头桥——这成了梅唯一的心事。

河水小的时候，梅每天便早早地赶到河边，把自己的学生一个个背过凉水河。那天，梅正背学生过河的时候，正好省城的一位记者路过这里，顺手拍下了一组镜头，回去发在了省报上。其中的一幅画面是：背景是晨曦中的一轮红日，足下是急流汹涌的凉水河，梅背着一个年龄小的学生，年龄大些的手扯着手，排成一串缀在梅的身后……

这组图片题名为《桥——乡村女教师的早晨》，并配发了一则文字报道，介绍了骑河镇的美丽与贫穷。

这组照片拍得太美了。美丽的风景引来了看景的游客，看景的游客在破坏这里的宁静的同时，也为骑河镇小学、为梅，带来了希望。

很多人在欣赏完这里的景色之后，都答应要援助骑河镇早日脱贫，尤其是要在这里援建一座桥，让梅每天早上不再背着她的学生趟水过河！

梅很激动。

梅等了很久，也没见那些留下承诺的人兑现他们的承诺。

梅尽管每天早上还得走凉水河边背那些年龄小的学生过河。但那些人的承诺却给梅带来了一个信念：她一定要通过自己的努力，在凉水河两岸架起一座桥来，让自己的学生平平安安地来学校上课。

再有承诺什么的游人，梅便拿出自己微薄的工资，买了肉、买了鱼、买了鸡，一脸感激地动手做一桌菜肴，招待那些很有爱心的游客。饭桌上，那些人吃得很畅快。自然，对梅赔着笑脸、小心翼翼地询问“你们真的要帮俺吗”之类的话，也答应得很畅快。

梅于是又激动起来。

那些游客抹了嘴说了很多的“谢谢”之后，答应回去就拨款，梅于是又有了新的希望。

又过了很多天，梅仍然没有见到那些一面之交的游人兑现自己的诺言。梅于是突然想到：自己一个弱女子，肯定办不成这么大的事儿。我得依靠政府呀！再说了，人家是不是担心被俺骗了呢？

想到政府，梅却不知道这事儿该找哪个部门。她想了几天，便先去找村长石夯。石夯村长说：这事儿俺做不了主，得找上头。梅便找了村里的“上头”——乡里。乡长说：这是俺也做不了主，得找上头。梅又找到了乡里的“上头”——县里。县长说：这事俺一个人说了不算，还得让大家研究研究……

谁知道，就在梅四处奔波找“上头”解决孩子的过河问题时，又一场大雨不期而至，凉水河上游通着黄河，黄河的大水冲下来，冲走了一名她最喜欢的学生——那个学生在学校里年龄最大。梅不在的时候，他也像梅那样去河边接自己的小同学们，结果就被冲走了……

梅回到家里大哭了一场。梅于是便觉得这里更需要早些建起一座桥——哪怕是简简单单的桥。梅便开始用自己微薄的工资请“上头”的人到县城的酒店里研究建桥事宜。但等把自己的所有积蓄全部请完之后，梅的希望仍很渺茫。梅于是又想起了那位省城来的摄影记者，她按照那位省城来的记者留下的地址写了一封信，在信中讲述了记者的摄影报道发表之后发生的故事，讲述了自己的建桥之梦，当然也讲述了那个被山洪冲走的孩子，唯独没有提她为此而艰辛且无望的奔波……

等那位摄影记者再来骑河镇小学的时候，已经是数九寒天了，刚落了一场雪，天冷得能冻结人的骨髓。

白雪皑皑的大平原上，穿着一件红毛衣的梅，扯着一长串胸前一抹抹红领巾的孩子们正小心翼翼地从结了冰的凉水河上走来。在一片银白的世界里，梅和孩子们胸前的点点红色，真的像一株怒放的寒梅——摄影记者自己也没弄明白怎么会有这么美好的想象，他不失时机地摁下了快门。

很多天后，那幅照片又登在了省城的报纸上，且题名为《冰上梅》。同时，也配发了一组文字报道。在介绍这幅照片的同时，还捎带着说了几句那个被洪水冲走的孩子。

这幅图片没有再引来新的游人，却引来了更多的新闻记者，报社的、电视台的，还有争取在报社上留句话或在电视上留个影的各级领导。

记者们是冲着那个被洪水冲走的孩子而来的。不长一段时间后，骑河镇就成了“舍己救人的小英雄”的家乡，骑河镇学校就成了小英雄的母校，当然，梅也就成了小英雄的老师。

更多的记者要来，当然更多的领导也要来。终于有一位说话很算数的领导发现自己的车子不能直接开到骑河镇小学来，便随便说了一句：“这儿要修一座桥哦！”秘书就把这句话记到了自己的小本本上。

很短的时间后，凉水河上真的架起了一座钢筋水泥桥——比梅盼望的那种简简单单的桥气派多了。

桥修成的那天，又来了很多记者和领导，热热闹闹地为“爱心桥”剪彩。梅望着横在凉水河上的钢筋水泥桥，却想起那个被洪水冲走的孩子，鼻子一酸，心里说：“这桥，为什么不修得早一些？”

大　鞋

老K和小P供职一家合资公司，两人一直是相处融洽的同事。

一次搓麻将，小P的手气特臭，老K的手气却特好。于是，一宿下来，小P山穷水尽，而老K却战果辉煌，最难堪的是临散摊儿，小P因还不上老K的30元赌债而被逼着学了三声驴叫。小P对此耿耿于怀，发誓要报这“胯下之辱”。

小P赌场失意，官场却得意，不久即被提升为办公室主任，于是，老K的日子开始不好过了。

海外发来了集装箱，小P立即吩咐：“老K，你跑一趟海关。”

老K乐呵呵地去了，临办手续才想起忘了带公章。打电话到公司，小P在那头呵斥：“操的什么心？没人给你送，自己过来取吧！”他忙不迭地折回公司，小P却不知去向。没有办公室主任的用印签字，他就绝不可能把公章带出公司，当然也就办不成事。拖了两天，小P训斥老K：“简直是头猪，这点儿小事都办不成！”老K照旧乐呵呵地东颠西跑，似乎小P训的是他坐的那张椅子而不是他老K。

公司要与老外吃官司，小P照旧把这根难啃的骨头扔给老K。老K二话没说，请律师、理材料，一头扎了进去，硬是把玄乎八分要打输的官司给翻了个儿。于是，公司险些要白白损失掉的一大笔外汇竟让他一个人给保住了，连老外都伸出毛茸茸的大拇指连呼：“OK！佩服！”

公司里谁都明白小P在给老K穿“小鞋”。可老K却像浑然不知，依然故我，照旧整天乐呵呵的。董事长却在一次中层干部工作会议上突然宣布老K荣任总经理助理。

老K连连推辞：“不不！我……实在不能胜任，还是……”

没等老K说完，董事长就掷地有声：“我看准的人不会走眼儿，就这样定了。明天你随总经理飞海口！”

飞海口？小P心里乐了：这小子有好果子吃啦！海口的分公司刚组建，人生地疏，总经理野心勃勃却志大才疏，看你小子还乐得起来？

于是，在公司与海口的业务流程中，小P照例又给老K奉送了几双“小鞋”，让他忙了个焦头烂额，在电话里却幸灾乐祸：“咋样？助理先生，海口美女如云，潇洒吧？”

电话那头，老K依然乐呵呵的：“凑合能过……”

三个月后，董事长宣布：鉴于老K在海口分公司的组建当中业绩卓著，经考察具备一个总经理的领导能力，经董事会研究决定，由老K接任总经理！

还没等小P回过神儿来，一张盖着公司大印的老K的聘任书，就发到了他手上。

公司上下的人都思忖：这回轮到老K给小P穿“小鞋”了。

谁知，老K上任后，在第一次总经理办公会议上就把小P大大地夸奖了一番，说他年轻有为，在具体工作的管理方面能力非凡、出类拔萃云云；乐呵呵地叮嘱小P在干好本职工作之外，兼负责公司的人事管理及年终决算分红；并且以后诸如公司的车辆调配、办公用具的发放，等等，无小P签字批准，均不得办理。

公司上下的人们都感到新的总经理真是大仁大量、高风亮节。小P以前对老K的那套“小鞋”做法，简直是瞎了狗眼！

私下里，老K又把小P请进了一家酒店。吃饭时，老K拍着小P的肩头说：“老弟，我如今是鸭子上架啦。咱哥儿俩可是几年的同事加朋友，你可得帮我一把哟!”小P本来一喝酒脸就发红，听了这话简直变成了猪肝。他抹着眼泪说：“我以前真是吃错了药。老兄宰相肚里跑骆驼，不忌恨我给你穿的‘小鞋’，小弟就……”老K一挥手：“哪里话？我可没认为你以前是在跟我过不去。来来来，喝酒喝酒，不提这些，不提这些……”

自此以后，小P鞍前马后，披星戴月，玩儿命地干，使得本来就患了肝炎的身子骨两个多月下来瘦掉了十几斤。

老K见了小P照旧乐呵呵的，每次开会都盛赞小P业绩优异，能力非凡；公司缺他老K可以，无小P则大厦将倾！又号召全公司的人都以小P为楷模，学习他的敬业精神，并报请董事会同意，提升他为副总经理，还发了1万元奖金。小P感激涕零，士为知己者死，他工作起来，简直变成了一台疯狂的机器。渐渐地，他的脸色发乌了，嘴唇也黑青黑青的，瘦骨伶仃的四肢撑起了一个挺得像身怀六甲的大肚子。

终于，在春暖花开的芬芳里，小P躺到了医院的病床上。医生扒下白惨惨的大口罩对前去探视的人说：“怎么搞的？人都成这样了才来治，劳累过度，又没及时治疗，致使病情延误得……”

全公司的人都落了泪!

小P的追悼会上，总经理老K涕泪齐流地致完悼词，驱车就赶回了家里，屁股没挨沙发就冲老婆喊：“快快，炒几个菜，我要痛痛快快地喝!”

老K老婆一甩手：“吃午饭早着呢，猴急个啥?”

老K咬牙切齿地从嘴里挤出一句话：“嘿嘿！今儿个我高兴……”

古　砚

丁一未届而立，其书学造诣已在古城闻名遐迩。

在书协举办的“黄河风”书法大赛获奖作品展览会上，一位须发皆白、仙风道骨的老者初见丁一的作品，便目光一亮，连呼：“妙，妙啊！运笔老辣、结体险奇，章法出神入化，韵味古朴中透着玲珑、老拙中含着奇趣啊。”当他得知作者是一位年轻人时，连说：“后生可畏，后生可畏！”

老者惊喜之余，便拉着丁一的手切磋书艺。丁一也觉得眼前这位老先生虽说眼生，但一定是书学前辈，因此毕恭毕敬。

当老者听说丁一至今仍用砚台磨墨时，大为惊奇。眼下，人们的时间观念越来越强，谁还去慢腾腾地磨墨？眼前这位年轻人能承袭古风，无视现成的“一得阁”墨汁之类，肯定悟出了书家高雅情趣之所在，或对墨色的枯润浓淡极为考究。老者觉得他也肯定有不俗的文房四宝，当即便请求丁一带他去府上拜访。

丁一不好推辞，只好把老者领到家里。老者观赏了他的笔、墨、纸，并没有多说什么，当他顺手拿起丁一常用的那方沾满陈墨、通体墨乌的砚台时，忽然一怔，眼睛里立刻射出一种奇异的光彩来。他双手微微颤抖着，表情由惊异渐呈激动，快步走到阳台上，借着室外的光线翻来覆去看了很久，结结巴巴地问：

“小伙子，这……这方砚是哪儿来的？”

“家父留下来的。”

“他没有对你说过什么吗？”

“唔……”

“令尊是做什么工作的？我能拜访拜访他吗？”

“这个……他是大学的美术教授。我没出生时，他已经……跳楼去世了。”

“哦，对不起，对不起。哪一年……”

“六七年。母亲说，他不肯承认自己画的墨竹是‘大毒草’。”

“哦……唉——”老者叹了一口气，接着说，“宝砚哪，宝砚！稀世珍宝！”老者小心翼翼地把砚台捧在手里，继续说，“你的字之所以那么古朴、拙巧、险奇，除了你苦练的功底之外，应该也与此砚有关。”接着，老者把砚台轻轻地放在案子上，手拂长须叹道：“我平生所藏，不及此砚。你这方砚是历史上有名的‘黄河澄泥砚’，是用黄河壶口下游极细的红泥，经挑选、水漂、制坯后，烧制而成。此砚磨出来的墨，不滞不枯、细腻润滑、手感绝妙；更可贵的是，剩墨存放在澄泥砚里，即使在三伏天，也不枯干，不发臭，非一般的石砚可比啊！据说，书圣王羲之的《兰亭序》，即是用此种砚台研出来的墨书成。没有‘澄泥砚’，哪来那千古不朽的‘天下第一行书’？可惜啊，这种制砚工艺，元朝之前就失传了。因此，‘澄泥砚’也就传世极少。我活了快一辈子了，连乾隆皇帝的御用‘端砚’都有收藏，苦苦寻求，就是无福见到‘澄泥砚’，想不到今天在这儿得偿夙愿，我不枉此生啦！”

丁一听呆了。他做梦都想不到自己经常拎来拎去、磕磕碰碰，用了这么多年的砚台，竟是一件稀世珍宝。它委屈了不知多少个春秋，今天才遇到识宝之人。激动之余，他忙把那方沾满污迹的古砚拿到洗手间，反反复复、一丝不苟地冲洗得一干二净。

老者提出愿以平生所藏的古玩字画换这一方宝砚，丁一唯唯诺诺。老者看出丁一的心思之后说：“君子不夺人所爱，我无此洪福。你要仔细珍藏，好好待它……我以后只要能走得动，会常来看它。今晚如方便的话……小伙子，能不能答应我陪它一夜？”

丁一甩着手上的水珠说：“老前辈，当然可以了。不是您慧眼识宝，我哪会知道它的珍贵呢？”接着就找出一块新毛巾反复擦拭古砚上的浮水，但怎么擦都好像有一层水汽罩在上面。老者说：“这就是‘澄泥砚’的珍贵之处，这水汽，你放多久也不会干！”

丁一听了这话，把古砚放进了新买来的微波炉里，想烤干上面的水汽。谁料刚按下电源开关没多大一会儿，古砚“啪”地炸成了碎片儿！

老者和丁一都惊呆了。

良久，老者的眼睛里淌出了两行清泪，疯了似的打开微波炉门，颤抖着双手捧出了古砚碎片儿。碎片儿灼得他的手掌直冒青烟，老者浑然不觉，嘴唇哆嗦了半天，长啸一声：“爱之，害之啊——”一口鲜血喷溅在古砚的碎片儿上，栽倒在丁一面前！

丁一慌忙哭喊着去扶老者，喊了几声他才想起，他还不知道老者的姓名……

冰棍李

家属院的大门外是一条繁华的大街，谁也没留意大门左侧的人行道上什么时候有了一个冷饮摊儿。看摊儿的是位六十多岁的老汉，后来邻居们才知道他姓李。

不知是谁给老汉起了个绰号，叫冰棍李。

冰棍李夏天卖雪糕、冰棍儿，冬天卖热茶、咸鸡蛋，天天守在他的小摊后面，有人来了就做生意，没有人了就眯着眼打盹儿。

冰棍李极少和人打交道，连“废话王”老王也和他搭不上话儿。据说有一回废话王拿了一副象棋找冰棍李要求对弈，冰棍李头也没抬，眯着的双眼睁都没睁，就硬邦邦地扔出两个字：“不会!”弄得废话王一句废话也没有了。

消息特别灵通的废话王虽经过了多方侦察，也仅仅知道这位拒人于千里之外的怪老头是本家属院四号楼三层东户的小李的老爹。小李两口子出国深造了，冰棍李退了休没事儿干，就来替他们看房子。

冷饮摊儿摆了两三年，家属院的邻居们对冰棍李的了解也仅至于此。

又是一个炎热的盛夏。

废话王的儿子国庆节要结婚。废话王不知道在亲朋邻友中说了多少废话，这才凑够了那套两室一厅的“安居工程”所差的8万块钱。废话王拎了装钱的小皮包去交房款，下了楼就觉得像跳进了蒸笼里。

废话王在路边等车，顺便从冰棍李的摊儿上买了一瓶冰冻的“非常可乐”，呷了一口后，顿觉从头爽到了脚。这阵凉爽使嘴巴极少闲着的废话王又找到了“灵感”

“老克（林顿）这会儿心里恐怕比这冰冻的饮料都凉，一个‘拉链门’就整得他这个大总统灰头灰脸的，啧啧……”

路边还有好几位等车的，废话王这些话不知是说给谁听的。他越侃越来劲儿，从克林顿侃到叶利钦，从东南亚经济危机扯到瓜农卖瓜难……直说得口若悬河、滔滔不绝、手舞足蹈、得意忘形……

等车的那拨儿人一个个听得如痴如醉，冰棍李却依旧眯着双眼打他的盹儿。

突然，口若悬河的废话王嘴上卡了壳：“包！我的妈呀……我的包呢？”

废话王刚才侃得云山雾罩的当儿，鬼才知道他腋窝里夹着的那个装着8万元房款的小皮包和那瓶刚喝了一半儿的“非常可乐”，啥时候不翼而飞了！

看热闹的人呈U型把他和冰棍李的冷饮摊围到了中央，冰棍李也睁开了那双总是眯着的眼睛，目光忽然箭一样对着废话王和那圈儿人一一射过去。

“我的妈哎！这可要了我的老命啦……”废话王的废话还没说完，冰棍李便塞给他一瓶矿泉水说：“来，先别急，喝口水，喝口水。咦？刚才我放这儿的那瓶‘非常可乐’呢？”

“我刚喝了一半儿，就连那包一块儿不见了。”废话王一仰脖，半瓶矿泉水下了肚。

“坏了坏了，这些天家里闹老鼠，那是我刚配好的灭鼠药，你喝了？”冰棍李一把拽住废话王，一脸惊恐地问。

“啊？我喝了小半瓶呀！”废话王的腿有点儿软了。

“天！这不要了你的老命啦？那是我自个儿配的毒鼠药，只有我有法儿解毒，但是得先洗胃。快！谁去给 120 打个电话，赶紧救人呐……”冰棍李一面拽着瘫成一堆泥的废话王，一面向围观的人群求助。那双整天迷迷糊糊的眼睛在扫视一个个围观的人的面孔时出奇地亮。

一阵哗然。

“妈呀！也救救我吧！刚才……那瓶‘非常可乐’，是……我拿走喝了……”人群里突然挤出一个精瘦精瘦的年轻人，“扑通”一声跪到了冰棍李的小摊前……

那精瘦精瘦的年轻人后来被冰棍李和废话王送进了派出所，因为他腋下夹着的外衣里包着废话王的那个装钱的包。

当天晚上，全家属院的人都知道了这件奇闻，也知道了冰棍李退休前是外地一个城市公安局的刑侦科长。

这是废话王在冰棍李家喝酒喝得一摇三晃后透露的。

铁哥们儿

人都有三十年河东、三十年河西，好运气并不是总罩在一个人头上的，茄子如今就被赖运气旋住头了。茄子在连迈好多家公司求职，都被婉拒在大门之外后，只好去找他那帮铁哥们儿告别了。他要离开这个城市。

老枪、虾米、小刀这帮死党都来了，连当年班上的小不点儿草虫子也请了一下午的假，来为茄子送行。大家坐在老枪开的烩面城，都打不起精神来。

从上小学到现在，这帮弟兄们都如梁山结义一般，打架、偷瓜、糊弄老师、欺负同学，直到长大后陆续离开骑河镇，跑到这个城市里混，无论干什么都能抱成团儿。当时，学校里上至校长，下至班上学习最好却混得最窝囊的鼻涕婆，都说他们这帮坏小子祸“校”殃“生”——离祸国殃民仅两字之差，足见这帮浑小子虽没有当时骑河镇上鼎鼎有名的痞子赖三恶道，但也是多么的招人厌了。哥儿几个自然没有一个能够修成正果，和鼻涕婆那样考上大学的，后来就混到了社会上，但关系仍铁得让人眼馋。比如说小刀，小刀是最先到这个城市混的，摆地摊起家，如今已经是“小刀副食连锁店”的董事长了；比如说老枪，从开了个小饭馆起家，如今已经是“枪枪烩面城有限公司”的老板了；再比如说虾米，这家伙歪点子多，居然靠着他那个破脑瓜，混成了“大虾广告有限公司”的总经理；就连这帮学兄学弟的小妹妹草虫子，如今也是一家房地产公司的公关部经理了。

茄子虽然来的也不晚，但这家伙不但外号叫茄子，脑袋也跟茄子差不多。小刀、老枪等哥们儿咋给他上课都不开窍。比如他刚来时小刀给他介绍的那家旅游公司，办公室主任干得滋滋润润的，他却吃里扒外地总给那些好不容易组来的旅游团的旅客说大实话。后来，他又发现公司偷漏税，一个电话打到了税务局，自己的饭碗儿砸了不说，也搞得小刀在朋友面前很没面子。草虫子没法了又为他这个当年曾护送其上下学的学兄介绍到一个电子器材公司，谁知道这家伙干了不到两年，又一个电话把公司给毁了。老枪刚要给他再上一课，没想到他先振振有词：“你说说，你说说，放着好好的电子器材生意不做，他们干吗非要卖这公安局整天盯着的针孔摄像头呢?”

“好好好……茄子哎，俺算服了你了。当初在学校，有一个鼻涕婆告咱的状还不算，你也时不时到班主任那里揭发咱们，这都不说了，咱可是跟赖三那帮死对头恶干干出来的交情呃。瞧瞧你现在都三十多了，你你你你咋还一头拱进茄子地钻不出来了呢？俺看啦，你家伙是蛤蟆蝌蚪害头疼——你浑身是毛病啊你！”老枪气得想吐血，摔下1000块钱就走了。老枪不能让自家兄弟没饭吃。

接着，小刀、虾米和草虫子都给茄子送来了一些钱，让他先垫着底儿，然后全体哥们儿发动起来，再继续给茄子找饭碗儿。人家陈胜吴广还懂“苟富贵，勿相忘”，俺们21世纪的铁哥们儿，再怎么着也是“新社会的有为青年还不如封建时代的古人乎”？上学时历史老师经常挂在嘴上的那句话，居然又被他们翻了出来。

一帮人在老枪的“烩面城”坐了半天，三鲜烩面和满桌子凉拌热炒一筷子没动，口水干了，舌头僵了，甚至草虫子都流了三次泪了，到底也没把茄子留住。

草虫子边抹眼泪边晃茄子的胳膊：“茄子哥，你可不能走啊。你不但是俺的大哥，还是俺的恩人呢。那回，要不是你跟镇上的痞子赖三一替一砖头地拍脑壳，俺怕是早就……”

“就是啊就是啊，茄子，那回俺们哥儿几个闻信儿窜去时，你差点儿被赖三的砖头拍死都没孬。打那时候，咱哥们儿的交情就攒下来了。老枪大哥领着咱们跟赖三打群架，你给班主任告密，俺们都没怪你，可是你这回一走，别人还不以为咱们散了伙？”小刀也跟着着急。

“哎?！要不……这样吧茄子，现在有‘新闻线人’这一行。你先满大街转悠着找新闻去，俺给俺广告公司代理的报社记者打个招呼，让他们跟你建立联系热线。就凭你爱往政府打电话的眼光，光‘线索费’一个月你就……”

“呸！我说虾米，你这不是扇咱兄弟的脸吗？你那虾米脑瓜就不能再转转，给茄子兄弟找个好点儿的、光彩点儿的活儿干？这在香港电影里，是赖三那种街痞子才干的差使。咱茄子兄弟干这活儿，他愿意，俺还不愿意呢！”老枪没等虾米说完，就截了他的话。

“那咋办呢……老枪哥哎，你是老大，赶快给想想法儿。别的城市再好，咱们弟兄几个少一个，咋着俺心里也不是个滋味儿……”草虫子站起来，又晃老枪的胳膊。

“枪哥刀哥虾哥，还有虫子，都别说了。俺就生的茄子命，这辈子就这了……救急不救穷，咱弟兄们关系再铁，俺也不能让哥们儿罩一辈子不是？人挪活，树挪死嘛……”

看茄子铁了心，几位铁哥们儿终于乌着脸，让这顿烩面宴不欢而散了……

半个多月后，茄子在相邻的城市给老枪打电话：“枪哥枪哥……我给你说，俺现在已经是税务稽查大队的协理员啦！你给小刀虾米还有虫子说说，别让他们操俺的心了。你猜猜俺跟着谁混？哈哈……鼻涕婆——俺咋一下车就撞见了他？这家伙现在是队长，正领着俺查赖三的‘三九贸易公司’的‘小账’呢。过瘾啊！哈哈哈哈……”

茄子在电话那头还没乐完，老枪就开骂了：“你个茄子还真是茄子！鼻涕婆、赖三他们不但原先是咱们的死对头，现在鼻涕婆更嚣张……好啦好啦，你算是把咱们哥儿几个的脸面丢光啦！这话俺不捎，你自个儿给他们打电话吧，俺怕挨小刀虾米虫子的骂……”

老枪媳妇在一旁嘟噜：“吼个啥？你们哥儿几个，董事长的董事长、总经理的总经理，孬好给茄子兄弟在你们公司找个差使，他也不会……”

“你娘们儿家懂个鸟？俺用人是闹着玩儿的？俺情愿每月赞助他一万块钱，也不能让他那茄子脑袋坏了俺的大事儿！茄子他……走了也好！”

卖雨伞的姑娘

有些思念是不需要理由的，就像那个姑娘的身影时常跃入我的心里。每当缠绵的细雨裹住这个城市的时候，那种思念就如同四处弥漫的细雨一样，无边无际。

我不明白为什么会常常想起她，我也不明白那个雨夜她从哪里来，会到哪里去。我仅仅和她邂逅了不足一刻钟，为什么她留下的印象却如同潮水一样，时常翻越我情感的篱笆，撞入我的思念里？

那是一年前的一个雨夜吧？是的，就是一个细雨霏霏的夜。路灯在丝丝雨线织成的帏帐里睁着惺忪的睡眼，撒下的光映射在路面的积水上，路于是五彩斑斓。

就在那个雨夜，在单位加班昏了头的我下了楼，才知道这个城市的一切都猫进了细雨的怀抱里。我呆望着路灯光罩里舒缓而降的雨丝，想起了远在十多公里之外的家，心一横，推着车子撞破了雨幕。

“先生，您需要一把伞吗？”正准备骑上车子的我，突然听到一个轻盈、温馨的声音。回过头我才发现，单位大门外的路灯下站着一位姑娘，怀里抱着一捆雨伞。她有十六七岁的样子，穿着鹅黄色的薄毛衣和黑色的长裙，背光站着，看不清她的脸庞。

我的确是需要一把伞呀！我停下来，仔细地把她怀抱中的十几把雨伞挑了一遍。我那时世俗地想：街头小贩儿的东西十有八九是假冒伪劣产品，既然急需，那买就买吧，但挑挑拣拣的事儿是不能掉以轻心的。

那姑娘极有耐心地把我打开包装的雨伞又一一装上。她蹲下来时，一头长发几乎垂到了地上，发梢上一缕缕地淌着雨水。

“姑娘，你卖的是雨伞，为什么不自己用一把？看你，小心淋病了。”我嘴上这么说，手里却没有停止挑拣。

“一用就卖不出去了，这是我这个学期所有的生活费……”姑娘说了半截儿，止住了话头。我这才明白，眼前的这个小贩儿，是个学生。我想接着问她其他的情况，但她再不肯说一句话了，只是悉心地拾掇着被我弄乱的雨伞。

我不好再挑拣下去了，随便拿了一把，撑开，遮住了我的脸，遮住了我世俗的灵魂……

事情就这么简单，简单得如同到集贸市场买了一把小葱、一捆韭菜那样，只不过是我生活中完成的一个小小的交易而已，但那个雨夜及时出现的那把雨伞，却罩着我干干爽爽地回到了家里。而且，我走到半路时，那场雨就下大了，原本温柔细腻的雨丝变成了剽悍狂暴的大雨，因而那把雨伞便显得尤为体贴、尤为及时……

隔了两天，我无意中翻阅彩印的晚报时，在四版右下角看到了一幅图片报道。虽然那晚我没有看到卖伞姑娘的面孔，但我从衣着的款式和颜色以及报道的内容上却立即断定，她就是我遇见的那个姑娘。图片报道简练得只有几句说明：“这位贫困大学生昨晚在勤工俭学卖雨伞时，挺着感冒了好几天的病体，因冒雨等待一位付款时掏丢了400余元的顾客，而昏倒在街头……”

那个因付款而掏丢了400多元钱的人肯定不是我，如果是我，那就太富有戏剧性了，而且我对她的挂念也会有个充分的理由。报纸上没有她就读的校址，只有她很美的名字。我不知道那位丢钱的顾客看到这篇报道会有什么样的感觉，但我当时没把那几句图片说明看完，就立即想起了雨中的路灯下，她的那句含着丝丝忧愁的话：“这是我这个学期所有的生活费……”

于是，我便为那个夜晚自己的刻薄而愧疚，并迅速痛恨起自己来……

又是一个下雨天。独自走在行色匆匆的人流里，我又想起了那个卖雨伞的姑娘。初春的雨水还有几丝凉意，我没有打伞，潜意识里有一种希冀：那个穿着鹅黄毛衣、黑色长裙、看不清面庞的姑娘会不会突然出现在我的面前？

“先生，您需要一把雨伞吗？”如果我再次听到这句轻盈、温馨的问话，我会热泪盈眶。

那顶斗笠

犹豫了半天，巫古美终于还是坐上了开往骑河镇的长途客车。从县城到骑河镇，还有二十多公里的路程。外婆虽然早已随他们在城里生活了，但不知道为什么，巫古美依然想去那个小村庄……

十年前，巫古美还是高中学生。父母是双职工，又经常出差在外，于是，巫古美从小就被送到外婆身边，一直到高中即将毕业，才和外婆一起回到父母身边。

在当时，巫古美一直是班上男同学注目的焦点。她不但漂亮，而且还像她的名字那样有点儿神秘。她那冷傲、内向的性格，让试图接近她的男同学们望而却步。

与巫古美同桌的是一位男生，叫秋来。巫古美是班长，秋来是全校的学生会主席，两个人的学习成绩也让其他同学望尘莫及。

由于两人经常在一起组织活动、被老师召去开会，等等，他们的话就渐渐多了起来。但秋来平时话就很少，总是“嘿嘿”地笑，且一说话就脸红。

他们上学的骑河镇高中离巫古美的外婆家还有六七里地的路程。那次，巫古美独自一人放学回家，路上被几个坏小子纠缠，正当她十分恐惧无助时，秋来突然挡在了她面前。

秋来被那帮坏小子狠揍了一顿，吐了好几天的血，在镇上的医院里住了四天，巫古美就陪了他四天。每次去都顺便在庄稼地里掐一束野花放在秋来的床头。木讷讷的秋来总是憨憨地一笑，脸比平时更红……

从那以后，和外婆一个村子的秋来，不论上学还是放学，总是陪着巫古美骑着自行车，或一前一后，或并肩而行。时间久了，巫古美便渴望那个木头似的秋来能停下车子对她说点儿什么，但秋来似乎永远也不明白巫古美那颗女儿心在想什么。巫古美跟他说话，他仍"嘿嘿"地笑，笑完就红着脸只顾骑他的车。

日子就这么一天天地从身边淌走，一转眼，他们离毕业只剩三四个月了。

那天的周末，天空中飘起了细细的、绵绵的春雨。走出教室，秋来不知道从哪儿弄来两个崭新的斗笠，他红着脸递给巫古美一个说："下雨了。给你一个吧。"

巫古美心里突然涌上了一股暖流。她想对秋来说点儿什么，哪知秋来早已带上自己的那顶斗笠，骑上车子冲进了蒙蒙细雨里……

这根木头！巫古美忽然委屈得想掉泪。

第二天，等巫古美去还秋来斗笠时，秋来脸上透出了很吃惊的神色，结结巴巴地说："这斗笠……是专门……送你的……"巫古美听了，便不好意思再勉强了，暂时把斗笠收了回去。

这个木头秋来，居然也想起送我礼品了？但送什么也不能送个斗笠呀！斗笠、斗笠——"都离"呀！不知道为什么，巫古美突然有了一种很奇怪的联想。她每次看到那个只戴过一次，还好端端地挂在墙上的斗笠，心里就会莫名其妙地泛起"都离"这两个字来。过了几天，她终于还是坚决地把那顶斗笠还给了秋来。

"怎么……你……不喜欢？"秋来的脸涨得通红。

"我不喜欢斗笠，你送给别人吧！"巫古美看看秋来急得想冒汗的样子，想笑。

哪知秋来听了这话，突然抢过那顶斗笠，疯了似的跑了。

离毕业考试只剩一个多月了，品学兼优的秋来突然辍学了。

巫古美从那以后便再也没有见过秋来，因为秋来还没离开学校时，她就和外婆一起被父母接走了，在父母所在的城市参加的高考。再后来，巫古美听说秋来结婚了，而且已经有了孩子……

回到当年生活过的骑河镇，许多认识巫古美的乡邻们都跟她打招呼，看着熟悉的面孔、熟悉的村落和熟悉的街巷，巫古美百感交集。

午饭是在秋来家吃的，秋来的媳妇是个娇小贤惠的女人，做的饭菜很好，但巫古美却怎么也品不出滋味儿来。秋来还是那个样子，憨憨的、木木的，一直“嘿嘿”地笑。

吃过午饭，天空中又飘起了零乱的细雨，巫古美执意要走，秋来两口子看看挽留不住，只好主随客便。临出门，找了半天也没找到雨衣的秋来顺手从屋檐下摘下一顶破旧的斗笠，递给了巫古美……

回到县城的宾馆里，巫古美翻来覆去地拿着那顶斗笠呆呆地看，看着看着，她突然在斗笠的一根竹片上发现了一行熟悉的、斑驳的字迹，虽经风吹日晒雨淋，但仍依稀可辨：

“古美：我想像这斗笠一样，一辈子为你遮风挡雨。”

巫古美如遭雷击，泪水汩汩而下……

肇事者

孟凡的老伴儿前年去世了，他无儿无女，孤身一人打发晚年。这天，他在从邮局回家的路上被一辆摩托车撞了，躺在医院昏迷不醒。

医院无奈只好求助新闻界，发动市民帮助寻找肇事者。

这天，医院来了一位十八九岁的姑娘，找到病房的孔主任说她是肇事者。孔主任颇有容人之量，见她主动找上门来，也就没说什么，开始和她商量医疗费问题。

姑娘从随身挎的坤包里拿出一千元现金说：目前只有这点儿钱，请大夫们一定想办法治好孟凡的伤，医疗费她回去一定想办法，说完留下身份证走了。身份证上显示，她家在黄河湾儿里的骑河镇。

第二天，那姑娘带来了一些生活用具，说事儿是她惹的，她知道老人无儿无女，她有责任陪护，就在医院住下了。

那姑娘言语不多，每天默默地来，默默地去，对几乎成了植物人的孟凡却照顾得无微不至：鼻饲流食、大小便、翻身、擦洗身子、洗替换下来的脏褥子、做保健按摩……

张护士说：这姑娘简直就是他亲生女儿。

王护士说：还不是良心发现，将功抵过？

李护士说：那姑娘为啥每天都呆呆地看老孟好久，有时眼睛里还有泪？

赵护士说：撞了人逃跑是该谴责，不过悔过后能做到这一步也算不错了。

医院里遇上这类事儿不少，每次大家都对那些肇事者横眉冷对，但这次大家似乎都原谅了她。

每天傍晚，姑娘都对护士说她去上夜班，然后便再三嘱咐一番后才一步三回头地离去，弄得护士直纳闷儿：怎么听语气、看眼神儿，病床上躺的孟凡就跟她父亲似的？

医疗费尽管三百二百地支付，但总算没耽误。孟凡这天在护士的一阵促醒按摩后竟睁开了眼，也能说话了，姑娘却从那天起不见了，但医疗费仍有人及时补交。

这天晚上，“120”又转来一个病号，是一家夜总会送来的，说姑娘正在唱歌时昏倒了，经诊断属严重营养不良，再加上疲劳过度所致。值夜班的孔主任问一块儿来的那位夜总会老板是不是病人家属，老板说不是。谁也不知道她家是哪里的，只是每天晚上到他开的夜总会为客人唱歌，等客人散尽，她领了报酬就走了。老板甚至不知道她姓甚名谁。

护士在为她扎静脉时突然喊起来：孔主任，这不是那个肇事者吗？

孔主任在姑娘的坤包里找出了外地一家高校的学生证，一个显示她的户籍属于骑河镇的身份证，一张当天的献血单，还有十几张不同时期的汇款收据，汇款人竟是孟凡！

孔主任忙让护士搀来了孟凡。老人把那些东西看完后流泪了，他哽咽着说：肇事者哪是她啊？她是他多年来一直“1+1”资助的骑河镇的贫困学生，两人至今还没见过面儿。老人还说，他依稀记得撞他的人是个男的。

孔主任听得手都是颤抖的，说这绝对是个好新闻，明天还要邀请记者来采访，并继续通过各种渠道追查那个真正的肇事者。

哪知道，夜总会老板突然冲着孟凡跪下了，他低着头说：大叔，您惩罚我吧。那天骑摩托车撞您的，是我！

恭请光临

18 岁就跃出骑河镇、进了县政府的金瓯，却从来没想过要当官儿。

28 岁的金瓯在县政府大院拖地、打水、抹桌子，默默干了十年后，天上突然掉下一顶乌纱帽来。

一步登上副科级的金瓯当上县政府办公室副主任之后，老爱翻那本绿塑料皮的《党政干部通讯录》——那里头还没有他的名字。

怎么会没有我金瓯的名字呢？我已经是副科级啦，蛮够资格忝列“党政干部”的。全县各路有头有脸的“上八仙儿”都在这个绿本子里，就那个靠卖笑、卖脸蛋儿换来县精神文明办公室副主任的“公共汽车”丁凯凯，都沾了按姓氏笔画排列的光，排在了众官之首。这小本本上咋能没我这个卑微十载，才熬出个跟她平级的副科级的副主任呢？别的不说，这让俺回到骑河镇，咋给老爹老娘老少爷们儿解释啊？

金瓯想不通。想不通的金瓯就老爱翻那个绿本本。老爱翻那个绿本本的金瓯就隔三差五、有一搭没一搭地跟他的“头儿”——县政府办公室主任侯京说：“头儿，这《通讯录》该重印啦！很多领导的手机都由‘模拟’改为‘数字’啦，有急事儿了不好找！”

侯京主任每次都像耳朵里塞了驴毛，不知道傻在那儿想些啥。金瓯唠叨得次数多了，他才翻翻眼皮说：“啊，这个事儿呀，搁搁再说吧。你没看现在县财政这么困难，教师工资仨月没发，又来闹县长啦，哪有钱弄这个？搁搁再说吧……”

金瓯听了，嘴上虽没说话，心里却觉得侯京主任的话有道理，便天天翻着那个绿本本继续发呆。

县里换届，新来了一位县长，姓崔。

崔县长到任刚俩月，侯京主任就找金瓯：“小金，你上次不是说《通讯录》该重印了吗？这事儿就交给你去办啦！对了，塑料封皮改成红色的！”

金瓯忙给侯主任续了一杯茶：“封皮印成红色的？你上次不是说红色代表绝交吗？”

“这是崔县长的意思！”

金瓯于是就紧锣密鼓地忙开了。

半个月后，金瓯在县印刷厂打了一张五千元印刷费的欠条后，把红塑料封皮的新《通讯录》拉回了县政府。他这回他没按“姓氏笔画”，而是按“党委、人大、政府、政协……”四大班子分门别类、自县到乡排列。为了重新排序，他熬了一星期的夜。自然，他金瓯的大名也就荣登“县政府”麾下名单，稳居侯京主任之后了。那位他顶顶看不起的丁凯凯，他便毫不犹豫地挂在了众官之末。

侯京拿起红封皮的《通讯录》翻了一遍，最后把目光盯在了“丁凯凯”那三个字上，盯了一阵，笑了：“小金，你小子过河拆桥哇！老县长刚走，你就不给人家面子？”

金瓯搓着手，不知道说啥好。他只想着赶紧抽空把这个红皮皮的新《通讯录》带回骑河镇，让爹娘看看，让四邻老少看看，这上边，有他的名字啦！

不知道说啥好的金瓯又听侯京主任说：“啊……这个，既然印好了，就这样吧。抓紧时间通知各单位的同志来领取！哦，另外，你的字写得好，把这个工作也捎带捎带……”

侯京主任从墙角拎过来三大捆印着“红双喜”的精美请柬接着说：

“下下个星期天，你看看几号？崔县长的表妹要结婚。按这个新《通讯录》填吧，一个也别拉下。哦，对了，先把《通讯录》快点儿发下，五天后再把填好的请帖送崔县长那儿……”

“那……丁凯凯填不填？”

“填！咋不填？是这上边有名有姓的都填！”

晚上，金瓯忙活到半夜，带着几本新《通讯录》和填着自己大名的请帖回到了家，一关上屋门，就把已经熟睡的老婆从床上拽了起来：“哈哈……哈哈……”

“傻笑个啥？捡着钱包啦？”老婆揉着眼，很不耐烦。

“我让你看两样东西！”金瓯把那个红皮子的小本本和那张大红请柬捧到了老婆面前。

“我以为啥稀罕东西哩。睡吧！”老婆瞄了一眼，倒下去把脊背给了金瓯。

“我上了本本啦！哈哈……连人家崔县长都给俺下了帖子哩，还‘恭请光临’，哈哈……”金瓯正乐着，老婆却打起了呼噜。金瓯独自在灯下翻来覆去地看那个红皮子的小本本，直到天亮也没合眼儿……

两个星期后，金瓯揣着二百元的红包去喝县长表妹的喜酒。“在本儿”的党政干部们都来了，县政府招待所餐厅的房间不够用，又在招待所的营业大厅里开了八桌。

崔县长那天红光满面地挨个儿敬酒，敬到金瓯这儿时，醉眼一瞥，居然自己先干了一杯说：“啊……你是金……主任哪！我先干一杯。《通讯录》印得好，你的字写得好……”

金瓯差一点儿把自己面前的茶杯弄翻，他激动得鼻子眼睛挤成了麻花……

崔县长对他“恭请光临”后，接着就有许多“在本儿”的人要他“恭请光临”。

县人大常委张主任的孙子满月，“恭请光临”。

县人事局王局长的侄女病愈出院，“恭请光临”。

县民政局李股长乔迁新居，“恭请光临”。

城东乡赵乡长的老母亲去世了，“恭请……”哦，他得去“灵前泣挽”。

……

没到年底，金瓯积了好几年的存折就告罄了。

快过年了，金瓯瞒着老婆借了五百块钱——往年老爹老娘都在骑河镇老家，等着儿子金瓯置办年货，今年也不例外。金瓯把大包小包的东西送到骑河镇，刚返回县城的家里，老婆就扔给他一个红纸片儿——谈了朋友要嫁人的丁凯凯后天结婚，“恭请光临”！

金瓯撇下丁凯凯的结婚请柬，又犯了翻那个红封面的《通讯录》的老毛病。翻一阵，发一阵呆；翻一阵，发一阵呆。最后，嘴里吐出一个字。

吻之殇

那辆锃亮的小轿车开进骑河镇时，全村都沸腾了。骑河镇的人从来没有见过这么大的官儿。

车里出来的是一位老将军，和他并肩走着的，是仪态万方的将军夫人，后面跟着四个兵。

将军屏退了左右和所有陪同的地方官员，只带着夫人上山了。

骑河镇北面的一片洼地里，有一座孤零零的坟茔，长满了蒿草。

“给我……”将军没有看后边跟着的夫人，只伸出了一只手。

坟茔前燃起了三炷香，还有纸钱。一阵风吹来，风旋着纸灰，飘飘摇摇地飞上了天空……

整整五十年前，将军还不是将军，还是个二十多岁的年轻军人。

在一片鲜花和口号声中，他也和战友们一样，亢奋在“保家卫国”的激情里，感受着刚刚“站立起来”的人们由衷的敬仰。

他已经记不清楚当时她是怎么挤到自己跟前的了，只记得自己随着队列，一边应和着欢呼的人们的口号、一边应接不暇地收受着路边一双双手塞过来的鸡蛋、水果，以及布鞋、绣花鞋垫、绣花手绢等，那些人们表达对“最可爱的人”的敬爱之情的东西。

就这样遇见了她。

她猝不及防地抱住他、亲了他，亲了很长时间。

他当时一阵眩晕。因为那时他还是一个从来没敢正眼看哪个姑娘一眼的小伙子。

上了战场以后，他就一直觉得自己浑身总有一种从部队首长的讲话中感受不到的动力。这种动力促使他在战争烽烟中成为一名英雄。

回国后，他才知道他和她亲吻的那一刻，被一名记者抓拍下来了，而且，那张照片还登上了报纸。尽管那时他还不是将军，但许多人都从这张题为《把真情献给最可爱的人》的照片上知道了他。他现在的妻子——当年一位首长的女儿也知道了他，并成了他的夫人。

但将军这么多年来，总在梦中和照片上的姑娘相遇，渐渐地，他想见那位姑娘一面的渴望就越来越强烈了。尽管夫人极力反对，但他总觉得应该找到那个亲了他的姑娘。他作了很多努力都失败了，直到不久前一名军报记者在采访将军时，已经退休在家的将军不顾夫人的暗示和阻挠，终于把当年那段美好的记忆和心中的憾事一吐为快了。文章发表后，竟然有许多和将军年龄相仿的女人来“认吻”，甚至还有很多女人拿来了当年那张登着他和她紧紧拥抱在一起、在鲜花的拥围中忘情热吻的报纸，但无论是谁，将军总会问一句：“当时，你给我说了什么话？我怎么回的你的话？”

于是，便有很多种答案。

“我当时说我等着你……”将军摇了摇头。

“我说的是你在前方打仗，我在后方……”话还没说完，将军就摆手制止了。

“我那时说把我的爱献给最可爱的你……”将军仍一脸失望。

甚至一位从国外飞回来的富婆还说：“我当时什么都没说，只说了三个字：‘我爱你！’”将军眉头一皱，望着她摇了摇头……

终于有一天，骑河镇的镇长来了，并带给将军一个布包。将军打开布包一看，什么话都没说，就急切地问：“她现在在哪里？生活得怎么样？”

“都是地方上没照顾好她啊……她……她什么都没留，就留下了这个。临走时说……说这是她一辈子的念想……那张报纸我们那儿的很多人也看到了。镇上的人都说她……都说她不要脸……一个闺女家去和一个当兵的大男人亲嘴，还……还登到报纸上显摆……于是……她便一辈子没嫁人……也没男人敢要她……唉……那时候，人的思想都太封建……”

镇长吞吞吐吐地说着，将军仍迫不及待地追问：“她现在还好吗？她现在在哪里？”

于是，镇长就把他带到了骑河镇……

不知道将军在这座孤零零的坟茔前站了多长时间，直到将军夫人提醒他天晚了时，将军仍没有回一下头，只是对夫人说：“你先下去吧……我自己待一会儿……”

将军夫人知道将军的脾气，轻轻地叹了一口气，说：“那……我到车上等你了。别太久了……”就独自走了。

只剩将军一个人了。将军突然对着那座坟茔单膝跪了下来，从口袋里掏出了镇长带给他的那个布包，一层一层地、很慢很慢地打开，就像打开逝去的岁月和遥远的记忆——里边是一个绣着一对鸳鸯的香囊！

将军把包裹这个香囊的布包摊开，把那个香囊摆上去，另一只手从贴身的口袋里又拿出了一个香囊。

并排放在一起的两个香囊一模一样！

将军摆放好后，站起来退后一步，对着那两个一模一样的香囊鞠躬，鞠躬，鞠躬……

其实，只有将军自己知道，她当年亲他时什么话都没说，只塞过来一个香囊，装进了他的口袋。在战场上，一名老兵告诉他，这种绣着鸳鸯的香囊是姑娘们的定情信物，一旦她送给谁了，就说明她已经把他当成自己的意中人了。而且，将军在未遇上亲吻他的姑娘之前，因为无意中露出了“怯战”思想，刚刚受过处分……

又一团浓烟盘旋起来，将军私下抚摸过无数次的那个香囊，和镇长带来的那个崭新崭新的香囊，很快就化成了一团灰烬……

将军泪如雨下。

WC 之悟

周歧近段时间焦头烂额。

他的装饰公司开张两年多，工程一个接一个地干，财务却越来越紧张。原因之一就是大到宾馆酒楼，小到家庭店面，几乎没有一家不拖账的。

两个月没有发工资，公司差点儿到了树倒猢狲散的地步。

周歧当机立断，停止一切工作，全力讨债。

他赤膊上阵，带着一帮工人先到一个欠了两千元的家庭。他感到这家数额较小，又是私人欠款，带上几个人上门一吓唬，债款肯定全额到手。

敲开了那家的防盗门，那个肥脑油肠的家伙正懒洋洋地斜躺在真皮沙发上看电视里的刘罗锅，一见周歧带来了这么多人，立即翻身坐起。

周歧开门见山："今天限你半个小时把所欠的两千块钱拿出来，不然……"他拿眼瞥了瞥"索尼"家庭影院，又用大拇指向后戳了戳那几个虎背熊腰的工人，最后冲那家伙扬了扬下巴。

那家伙鼻眼一动满脸堆笑："好说，好说！我这就去……想办法。先喝茶，先喝茶……"说完吩咐保姆端茶、削水果，抄起手机出去了。

周歧一根香烟没抽完，门外突然进来几个警察，不由分说，把正在愣神儿的周歧他们铐走了。

没有欠债手续，周歧浑身是嘴也说不清，而且经济纠纷，那是法院的事儿，人家只管他聚众夜闯民宅，属扰乱社会治安，让他和那帮工人在“号”里反省了半个月。

半个月面壁，周歧大彻大悟了——看来讨债来硬的不行。

另一家酒店欠他两万多，而且合同、图纸、决算单等所有手续一应俱全。周歧决定再从这家酒店下手。他从歌厅找来一位漂亮小姐，如此这般一交代，先付了她一千元定金，并答应事成之后二八分成，然后便把所有手续交给了她。

半个月后，那小姐给他打电话，周歧喜上眉梢。哈哈，八成这事儿有戏了！立刻打的前往。

推开那家酒店经理办公室的门，周歧见那个油头粉面、精瘦精瘦的家伙坐在老板台后面，一双脚高高地跷在台面上，嘴里正吞云吐雾。周歧雇来的漂亮小姐正娇滴滴地攀着他的脖子，樱桃小口努得像颗红山楂，吹经理面前的烟圈儿。

“周老板，你好啦！非常感谢你的引荐啦！”小姐红唇一动，吐出一句让周歧倒牙的粤味普通话。

“现在这位小姐已经是我的秘书了。周老板有事？”那经理动都没动，瞥了他一眼，继续吞云吐雾。

周歧差点儿晕倒：“那……那欠我的工程款？”

“工程款？笑话！周老板真是健忘，我们不是早已结清了吗？”那经理很潇洒地弹了弹烟灰。

“周先生，我们老板向来是最讲信誉的啦！从来不欠别人款的啦！你说欠贵公司的账，拿出证据啦……”

小姐还没“啦”完，周歧就摔上门走了，下了楼对着楼上骂：“吃里爬外的东西！”

办公室里闷了两天，周歧不知又从哪儿找来一帮尖嘴猴腮、獐头鼠目、袒胸露背、蓬头垢面的乞丐，领着他们到了一家合资公司——这家公司欠他们十多万。

他把那帮人不人、鬼不鬼的家伙们安排在那家公司的大门前列队坐好，径直奔了董事长办公室，撇下一句话："啥时候还清款，啥时候让那帮'仪仗队'走人。"

晚上十点，周歧接到一个电话："周老板吗？赶快来检阅你的'仪仗队'吧，呵呵……不过别忘了带救护车。"没等周歧接话，"啪"，挂了电话。周歧赶过去一看，那帮家伙们被人揍得鬼哭狼嚎，几乎个个鼻青脸肿。

好不容易把那帮倒霉鬼在医院安顿好，周歧一看表，后半夜了。

他垂头丧气走出医院，忽然觉得内急。这"内部矛盾"，没有意识到时没什么，一旦意识到就有十万火急的感觉。他像个无头苍蝇似的满大街乱撞，路灯亮得连个老鼠都藏不住，他实在找不到地方解决，就捂着肚子绕着医院转圈儿，好不容易瞄见了一块脏兮兮的三合板，上面歪歪斜斜地写着"公共 WC"，便如遇救星地一溜小跑就往里冲。

"哎哎，拿两毛钱再进！"真活见鬼！半夜了不知道从哪里钻出个老太太，伸着黑不溜秋的脏手冲他要钱！

周歧浑身上下把口袋掏了个底朝天，也没翻出个钢镚儿来。他忽然想起：刚才在医院安顿那帮哭爹叫娘的混蛋们时早已掏光了腰包，连手机都抵给了乞丐头儿。

一分钱难倒英雄好汉。周歧只觉得小肚子要爆炸。他夹着腿，不断换脚摆"金鸡独立"，一脸苦相地冲老太太求情："阿，阿姨，我实在憋不住了，也实……实在没有一分钱，您老行个方便吧。"

"行个方便？谁给我行方便？"

"我真憋不住……"

"那是你的事儿，没钱就别尿！"老太太"呼啦"拉了"公共 WC"的铁门，上了锁就走。

人一倒霉，放屁都砸脚后跟儿。周歧没招了。小肚子里像有一块巨石往下坠，他不知哪根神经一动，突然想起了医院的公厕，真是叫尿催昏了头，咋把这茬儿给忘了？他捂着小肚子就往回跑，谁知这一跑一颠，"内部矛盾”不可克制地“闸门”一松，释放了个“淋漓尽致”。

周歧闭着眼睛站在原地，两条腿热乎乎的，小肚子也舒服了。他长出了一口气，心里开骂：紧要关头，拿我一把，逼我大街上尿裤子……他骂到这里，突然一拍脑门，甩开两条长腿奔了公司……

三个多月后，周歧所有的工程款都要得差不多了。

我其实就是一只老鼠

我其实就是一只老鼠。

我其实与别的鼠兄鼠弟们没什么不同。

就因为我长了一身金灿灿的鼠毛，局长和局长太太就不把我称作老鼠了，他们叫我“宠物”。

到局长家的人，谁见了我都吃惊，总千篇一律地问：“局长，您怎么没养个荷兰猪、沙皮狗……竟养了只……老鼠?”

就好像那些荷兰猪、沙皮狗之流比我金贵似的，我对他们的冒昧之辞很不满意。

往往是局长夫人鼻子里先“刺——”一声，然后为我正名：“老鼠怎么啦？并不是所有的老鼠都招人讨厌的。我们‘球球’（局长太太给我取的名字）招人讨厌吗？科学家搞试验，用的那些个小白鼠，招人讨厌吗?”

来人这时无论男女老少，大都会冲我投来一种媚笑：“是啊是啊，呵呵……局长家的老……啊——这个这个‘球球’，果然与众不同啊！别的老鼠是什么东西？它们有‘球球’这么漂亮的锦毛吗？它们……能配叫‘球球’吗？呵呵……”

局长夫人这时一般就会转嗔为喜了，往往还会招呼我说：“球球，谢谢叔叔，谢谢阿姨!”

我便闻声而动，竖起身子，捧着两支前爪，向来人打躬作揖。

“噢——俺的球球真乖，妈妈奖励你！”局长太太这时便会透出一种慈母的眼神儿，赏给我一些怪味豆或者核桃仁啥的。

局长和局长太太的儿女们都长大了，出国的出国、留学的留学，全都远走高飞了，我于是就代替了他们的位置。

既然局长太太是我的“妈妈”，那来访者第一次见到我，一般都要给些“见面礼”的。如果遇上哪个不识相的对我不屑一顾，局长太太的脸色就会很难看，当然局长的脸色也会很难看；接下来，局长就会让那些对我不屑一顾者的脸色更难看。

渐渐地，很多人都知道了我在局长太太和局长心目中的地位了，于是，局长太太就笑眯眯地替我收了很多红包。我于是便在局长太太和局长的宠爱下一天天地长大了，一转眼，我就到了青春期。我需要找个与我这身锦毛相匹配的老婆，来解决我的恋爱问题。

局长太太终于从我不思饮食、躁动不安的表现中看出了端倪，于是开始为我的婚姻大事四处忙碌。

局长太太最终为我找到的，是一个叫“遥遥”的黄毛小母鼠。遥遥的一身黄毛虽然与我的一身金毛无法同日而语，但总算比较接近的吧。于是，局长和局长太太便大摆了十几桌宴席，还请来了一家婚庆公司，去局长的一位下属家里迎娶遥遥。那天，我听到来来往往的人们在议论：

“局长家的老鼠也这么风光啊！”

“呵呵……小声点儿，局长太太讨厌‘老鼠’这两个字。他们叫它——‘球球’！”

“一人得道，老鼠升天啊！”

“好好混吧。什么时候你要当了局长，别说老鼠，连家里的跳蚤也能变成金豆子、长出双眼皮儿来……”

“……”

我和遥遥洞房花烛那天夜里，听到局长和局长太太在数红包。

遥遥嫁给我之后，局长家里的东西就比以前更新的速度快了一倍——

我们其实都是普普通通的老鼠，凡是老鼠，那讨厌的大门牙就会不停地生长，就得不停地咬噬东西去磨损它。局长家的东西一开始是我自己咬，现在添了遥遥，成了我们两个咬。我们不管局长家的电视、冰箱、床头柜，还是衣服、梳子、金首饰，看什么好下嘴就咬什么。

于是，局长太太每逢有人来家，就不时地拎着那些被我们咬坏的东西，十分无奈地怪我们："你瞧瞧、你瞧瞧，俺球球、遥遥都结过婚了，咋还这么淘气？"于是，那些被我们咬坏的东西很快便由来人更换成新的了。局长太太和局长便天天笑眯眯地喂我们怪味豆、核桃仁，还有美国进口的开心果。

我们咬遍局长家里所有的东西后，渐渐觉得什么东西都没有局长太太存在"西蒙斯"床斗里的一捆捆钞票味道好，而且，遥遥那天对局长公文包里的那个圆头圆脑的家伙下了嘴之后，红着嘴唇告诉我：那个被局长称之为"公章"的东西味道更好！

遥遥已经怀孕了，等我们把局长太太存下的一捆捆钞票咬碎，铺成迎接我们鼠儿鼠女的襁褓，遥遥把那个叫做"公章"的东西啃噬得只剩下一个短短的手柄时，有一天，局长家里突然来了几个人。那伙人破例没有正眼瞧我们一下，就把局长和局长太太的手腕上戴了一个亮晶晶的什么东西弄走了。我们和局长以及局长太太居住的那所房子——我们的乐园，也被贴上了几个纸条子。我和遥遥立即成了丧家鼠，从天堂跌进了地狱。

到现在已儿孙满堂、四处亡命的我，和遥遥，还十分怀念在局长家的那段幸福日子啊！但静下心来仔细想想：其实，我们也就是一只普普通通的老鼠而已……

红　包

和老公结婚五六年了，小荷这是头一回领着孩子孤孤单单地过年。以往，过年的年货、礼品、人来客往的应酬等等，都由老公全权处理；小荷抱着孩子乐得自在，不知寒暑。

谁知，老公一不在身边，这过年的事儿立即把小荷缠得脑袋大了起来。单位到年三十儿才放假，班又不能不上，孩子又不能不接，年货啥时候去办呢？

焦头烂额地奔走了几天，给上海忙活生意的老公打了不知道多少次的请教电话，才算把过年的事儿安顿得差不多，年三十儿的春节晚会没看完，小荷就拥着孩子先跟电视机“拜拜”了……

一觉醒来，已是大年初一的九点多了。要不是老公给她拜年的电话把她叫醒，小荷说不定一觉就睡到下午了。

老公在电话那头的上海说了没几句话，就差点儿把小荷的泪给催出来：“荷呀，我现在在南京路给你打电话。看着满大街团团圆圆的一家家人，我想你，我想儿子，嘿嘿……别忘了给孩子压岁钱呀！”

一句话提醒了小荷，糟了！装压岁钱的红包忘买了，这咋办？刚把这事儿给老公汇报完，老公就解了她的后顾之忧：“没关系，你别着急。我记得去年买的没用完，好像在书房电脑桌的抽屉里，你找找……”

顺着老公的话按图索骥地一找，还真找到了。小荷长出了一口气，洗漱梳妆后，煮了早就预备好的速冻水饺。丈夫不在家，她也照例摆了三双筷子，盛了三个碗，吃完饭，便先给儿子装了一个红包，然后，开始往剩下的红包里装钱。

人有远近亲疏，这红包也得分多少厚薄；小荷正这么在心里算计着，分着三六九等地在给红包排着队，门铃突然响了，开门一看，是同一栋楼的同事老枪科长的儿子小枪。

小枪这个小家伙平时嘴巴就甜，今天挣红包来了，嘴上抹的蜜更多。他一进门，便恭恭敬敬地鞠了个躬，然后像唱歌似的说："阿姨过年好！给阿姨拜年了！"随后，便走到正在玩儿积木的儿子跟前，像个大人似的握了握手："祝小弟弟新年快乐！"

这可是今年头一个来给俺拜年的啊！哈哈，小荷的眼睛笑成了一条缝，忙顺手拿起一个红包塞到小枪手里说："小枪真懂事儿。你爸你妈呢？"

"还在家吃饭呢。我妈叫我先来给荷阿姨您拜年。"小枪红包到手，立即说："阿姨再见！"泥鳅似的溜了。

小荷心里美呀！老枪刚刚当上科长，人家就这么礼贤下士，饭没吃完，就差儿子出来拜年，而且先到我这儿，看来，老枪科长以后绝不会给俺穿"小鞋"的。

就这么美美地想着，小荷的眼睛瞟到了桌子上的红包，突然打了个激灵：天！给小枪的红包是个空的！自己刚才装红包时，记得清清楚楚装了八个，还剩两个，怎么这没装钱的红包少了一个？

小荷慌忙扒过来扒过去地数了好几遍，最终还是确认自己真的给了小枪一个空红包。瞧这事弄的……咋办呢？本来皆大欢喜的事儿，咋叫我一不小心弄成这个样子了呢？小荷搓着手，在客厅里转起圈儿来，转了半天，也没有想出个补救的办法，只得打电话向老公求救。老公在电话里听小荷说完事情的原委，想了半天才对她说："看你，还像个毛手毛脚的小丫头。事儿既然弄成这样了，没法儿了，去找人家好好解释解释吧——再给一回！”

小荷放了电话，从桌子上捡起一个装钱最多的红包，抱上儿子下到了三楼。

老枪家的门虚掩着，里边隐隐约约传出枪嫂的声音：

“哼！这不是耍咱吗？大过年的，不给就算了，干吗拿一空红包糊弄小孩子？”

看看！这祸闯大了不是？小荷来不及多想，就推门进去了。一阵尴尬的寒暄后，小荷便开始万分诚恳地解释空红包的事儿。最终，前嫌尽释，互相拜年；当然，老枪的儿子小枪又得到了一个装着钱的大红包。

使命完成了，小荷便要告辞，枪嫂上前扯着小荷的儿子的手说：“哎哟，小乖乖，过了年，又长一岁哟。给！阿姨送你个大红包，买糖吃！”

小荷刚一推辞，枪嫂就板着脸说：“你看看，又不是给你的。孩子嘛！大过年的图个吉利。”小荷便不好再说什么了。

抱着儿子出了老枪的家门，刚上了两级楼梯，耳朵很灵光的小荷，听到门缝里挤出来的老枪的几句让她呆若木鸡的话——

“到底是女人啊！连小孩子的红包也计较。先拿空的给咱儿子，又借着解释来送。送就送呗，干吗还抱着孩子来？不是明摆着要再捞回去吗？这女人，聪明呀……”

幻肢疼痛

等大黑再醒过来的时候，右腿膝盖以下因粉碎性骨折已被截肢。

在老家骑河镇，人人都知道大黑是出了名的硬汉子，但这次，从没掉过眼泪的大黑却捂着脸整整哭了三天——不知是因为那截掉的半条腿，还是因为缝合后的断腿疼痛钻心，连老板都劝不住。

两个多月后，老板来为大黑办理出院手续，并极力劝他从城里回骑河镇养伤，因为大黑已经能拄着拐杖下地了。

大黑却死活不愿出去，整天躺在惨白的病床上哭。老板派来伺候大黑的人说："大黑吵着他截掉的那半条腿疼，有时候哭着喊着从床这头栽到床那头，跟真的似的。"

"这个大黑，傻不拉叽的，倒有心眼儿敲我！"老板当即答应出院后给他在银行里存一万元，且不开除，让他仍留在建筑队看工地。

大黑脑袋摇得像拨浪鼓："俺光棍儿一条，要钱啥用？俺不要钱！治好腿疼就中。"说话时两只眼睛死盯着病房外走廊里那些来来往往的、健全的腿，盯完就呼天抢地地喊，仍说他截掉的那节腿疼得要命！

老板没法儿了。那砸得稀烂、连骨头都碎成渣渣的断腿早叫医院的人不知扔到哪儿去了，还疼个啥？老板挠挠头，走了。

第二天，老板领来一位气功大师。气功大师让大黑躺好，闭着眼睛运了一会儿气说：“他感到那早已扔掉的腿疼，是因为那条断腿的残留信息仍遗留在空间里。人体——也就是大黑，一旦接收到被砸碎的腿的信息，就仍然会感到疼痛难忍。”

老板问：“有法儿治吗？”

大师摇摇头：“太晚了。没截之前，以我的功力，是可以让粉碎性骨折长好的，但现在不行了。这种疼痛的信息谁也阻挡不住，因为是他自身本来就浑然一体的信息。”

第三天，老板请来了医院最好的骨科医生。医生问明情况后说：“医学理论上这叫‘幻肢疼痛’，是人的大脑的一种功能。我们的大脑一出生就具备协调指挥全身各个部位的功能，以后一生中就不再改变。断腿虽然截掉了，但负责指挥那部分肢体的脑组织却仍然在发挥功能。现在病人的状况，就是断腿被砸碎时，大脑反射到感觉上的疼痛，这种‘幻肢疼痛’有时甚至很剧烈。目前，医学界对此尚无能为力。”

气功大师说是“残留信息”，医生说是“幻肢疼痛”，并且都说“无能为力”，老板当然也无能为力，大黑却仍然喊疼，疼急了就逼着老板要那节断腿。老板搓了几天手也没法再找回来，灵机一动到假肢厂给他定做了一节假腿。

装上假腿后，大黑锻炼了一个多月，居然能自己走路了。奇怪的是，大黑再没有喊过疼。回到建筑队，甚至一直到年底回到老家骑河镇，也不再提断腿的事儿，别人再三问他，大黑只是傻笑，一句话也不说。

抽烟的芹姑娘

新分来的实习生，有一位姑娘叫芹。

芹的家教很好，她的父亲在老家骑河镇上，是一位人人尊敬的教书先生。芹在学校时学业也出类拔萃，但芹却抽烟，这与他们实习的环境无法协调——没有一家医院允许工作人员上班时抽烟。

学医的芹肯定知道抽烟的危害，但没有人知道她为什么对香烟一往情深。

抽烟的芹其实很美。那支夹在纤指间的香烟从红润如珠的唇上轻轻移下之后，一绺如绵的雾便漫过黛眉粉腮，在一顶长发上升腾。这时的芹会很惬意地透出一丝让人如春风拂面的笑，显得十分安逸、闲适、静雅。

尽管抽烟的芹很美，但依然与医院的规章制度发生了矛盾。

第一次，她被护士长告到了她的母校。母校来了一位头发很少的老教授。老教授眯着眼听护士长啰唆了半天，说："贵院的吸烟室在哪儿？我……"边说边在全身的口袋里一阵乱摸。护士长便知道，这状八成是白告了。

第二次，芹在医院统一分配的宿舍里抽烟时，不小心烧着了窗帘，幸亏同宿舍的桂立即抄起脸盆泼了一盆水，才没酿成大祸。桂和芹在学校时就是挚交密友，虽然两人都守着这个秘密，但最终还是被护士长知道了。

胖胖的护士长，挥着短短的胳膊，声色俱厉地猛批了芹一顿，便扭着上下乱颤的一身肉下了楼，很兴奋地汇报给了负责管理这帮实习生的医务处。最后，芹被罚了200元钱。

第三次芹因抽烟惹祸，是因为她居然给一位肺癌患者燃了一支烟，而且还和他一起吞云吐雾，恰巧又被护士长发现了。护士长这回要挟医务处立即把芹退回学校，或者请她立即回她的老家骑河镇；否则，她就撂挑子回家。看着护士长那副"有你无我，有我无你"的样子，一直站在一旁的桂突然哭了。桂一哭，芹也哭，癌症患者——那位六十多岁的老教师也流泪了。老教师说："你们要把芹赶走，我就拒绝治疗！"

医务处处长没法了，便问护士长："这……咋办？"

护士长黑了半天脸，突然蹲下来，也哭了。抹了几把泪之后，她给芹和在场的人讲了一个故事：

护士长的弟弟原来也是一个品学兼优的大学生，因为他痴爱的姑娘离他而去，便抽上了烟，而且抽得很凶；后来，在抽了一个坏小子递过来的几支烟后，就染上了毒瘾。吸尽所有的家产后，他从六楼上跳了下去……从此，护士长便对天底下所有的烟鬼有了一种不共戴天的刻骨仇恨！

护士长的故事讲完了，芹却一言不发，低头掩门而去。不一会儿，她拎着行李，来向大家告别——她要走了，回她长大的骑河镇。和芹很要好的桂拦住了她，对在场的人说："你们知道芹为什么吸烟吗？"大家都愣了，谁也没想过这个事儿。

桂抽泣着给大家说了芹抽烟的故事：

芹的父亲在芹的老家骑河镇，教了一辈子的书。芹很小的时候，父亲就抽烟。每天，芹和母亲总是倚门等待着一身烟味儿的父亲走进家门。芹从小在父亲的怀抱里、浸泡在那股浓浓的烟味中渐渐长大。不知道从啥时候起，芹的父亲开始一阵一阵地咳嗽，有时咳得喘不过气儿来，只要一缓过来劲儿，依然会掏出一支烟燃上。芹和母亲想尽办法，劝父亲戒烟，都不奏效，于是，芹的父亲就咳得越来越厉害。就在他要送的那个毕业班即将上考场的时候，一连几天几夜地为学生整理复习资料，他的烟抽得更厉害了。终于有一天，芹的父亲躺倒在肿瘤医院的病房里了，而那时，芹的父亲送的那个毕业班高考也结束了。就在芹的父亲昏迷中被送往医院的路上，一同前去的校长在他的口袋里发现了一张四个多月前的确诊检查单——肺癌！

入了院以后，芹的父亲在医生的敦促下戒了烟，但他之后没几天就离开了这个世界。临终，他对守在病榻前的芹说："真想再吸一口烟呐……"芹于是就跑出去寻找卖烟的商店。等她拿着一包烟回到父亲身边时，一条惨白的床单已经把她父亲从头到脚蒙起来了。芹给父亲换衣服时发现，老人的手里攥着一个空烟盒，掰都掰不出来……

芹后悔自己没有满足老父诀别这个世界时、最后一个很容易办到的企求。她没有流泪，只是把手中的那包烟一支一支地燃上，供在了父亲周围……

芹的父亲去世后，芹再也闻不到平时弥散在身边的烟味了，那是她从小就熟悉的父亲的味道。每当她思念父亲的时候，她就会一支一支地燃上香烟，盯着袅袅上升的烟雾，沉浸在那种父亲的味道里……慢慢地，她就学会了抽烟……

桂把芹抽烟的故事讲完了，她才发现护士长的眼中含着泪，芹不知道什么时候折回来了，蹲在地上泣不成声……

芹最终并没有被赶走，但从那天起，谁也没见她再抽一支烟。

摸风的女孩

1

天很凉了。有风吹来。

漂漂躺在老男人的怀抱里，挥着脏乎乎的小手，又在问："爸爸，风是什么样子的?"

老男人混浊的眼睛四下看了看，没有言语。他无法回答漂漂的问题。

2

一位珠光宝气的女人踢了老男人一脚，说："讨厌！一边儿挪挪，别挡了俺的道儿!"

老男人看了看那女人，用一只手扳着腿往路边挪了挪，动作很艰难。

"快点儿！你们这些死叫花子!"珠光宝气的女人很不耐烦。

"妈……啥是叫花子啊?"女人身后跟着手里举着七彩气球的小男孩。

"瞧见了吗？他们就是。不好好上学，长大了你就跟这老头儿一样，当叫花子!"

"叫花子多好啊，可以天天在这里晒太阳。我……"小男孩的话还没说完，脑袋上就挨了女人一巴掌，手里的气球掉在了地上。

小男孩其实是想说他天天上学都遇见这父女俩，但他后边的话被一巴掌打回了肚子里。

3

漂漂是老男人捡来的。老男人捡到漂漂的时候，正下着一场大雨，漂漂和包她的襁褓漂在垃圾箱里。他抱起漂漂的时候，连说了三遍“这妞命大”，于是就把漂漂叫“漂漂”了。

老男人有一条腿瘸了，他没有一个亲人，所以就把漂漂当亲人了。

4

那个小男孩又回来了，是他自己回来的。

“老爷爷，你和这个小妹妹是叫花子吗？”

“俺不是叫花子！你是谁?!”没等老男人接话，漂漂立即戗了小男孩一句。

“我是琪琪……我的气球好玩儿吗？”

琪琪刚才被他妈妈打掉的气球这会儿抱在漂漂怀里。

5

旁边那座大商厦的灯全部打开了，夜于是五彩斑斓。琪琪已经和漂漂成了好朋友。

“你快回家吧孩子，你妈妈该着急了。”老男人这句话已经重复很多遍了。

“我想当叫花子。当叫花子没有妈妈管、没有老师管、也没有教钢琴的阿姨管，也看不到爸爸妈妈打架了，还能天天晒太阳，多好啊……”琪琪说这话时一脸的憧憬。

“你爸爸和你妈妈经常打架吗?”漂漂问。

“嗯……不是天天打，但是……但是经常打。爸爸的官儿又当大了。爸爸说不要我妈妈了……”琪琪想哭。

“你哭了？我摸摸你有泪没有?”漂漂伸出了脏乎乎的手，“我连爸爸妈妈都没有，琪琪不哭啊。有爸爸妈妈的孩子都是乖孩子，琪琪也是乖孩子。”

有夜风吹来，吹着琪琪的脸和漂漂脏乎乎的小手。

6

路边一个店面里的电视正播放着一则寻人启事，事主悬赏一万元。寻人启事里有琪琪的一张呆唧唧的小脸儿。

老男人赶不走琪琪，就领着漂漂和琪琪回到了一个铁路桥的涵洞里——那是老男人和漂漂每天晚上住的地方。

已经是下半夜了。

7

“你什么都能摸出来吗?”琪琪又在问这句话。

“嗯……你不信？这是奥特曼，这是小汽车……这是米老鼠。可惜……可惜那个气球烂了……”漂漂脸上很失望。

“我妈给我的钱花完了，要不我就去再买一大堆来……”琪琪一脸失望的样子，接着又问，“你真的啥都能摸出来吗？你说说，我长的什么样儿?”

“咯咯……”漂漂很开心地笑，“你的眼睛很大，一定啥都能看清楚；可是你少了两颗牙，吃肉吃得动不？俺可想吃肉了，爸爸没钱买……”

“肉啊？刺——我妈经常往垃圾箱里倒，说那些给我爸送东西的人不长眼，现在谁还吃肉啦？你想吃，我明天就回家去拿……”

“你快回家吧孩子，都三天了，你爸爸妈妈该急死了。”老男人又在催琪琪了。

8

花着琪琪口袋里的钱，老男人和漂漂已经六天没去讨饭了。

琪琪第二天夜里真的跑回家，把冰箱里的肉拿来了。琪琪说他们家的冰箱里的肉还有鸡、还有鱼，都臭了；琪琪还说他爸他妈都没在家，要不然他就让妈妈弄些新鲜的。

9

“你真的啥都能摸出来吗？”琪琪又在问这句话。

“真的。”漂漂嚼着琪琪拿来的一只鸡腿，说。

“太阳你摸得出来吗？星星你摸得出来吗？”琪琪觉得他这个问题一准儿能难倒漂漂。

“摸得出来。太阳就跟个大屋子一样，是方的，是红色的。一有太阳，我就跟到了一个很大很暖和的屋子里一样，不冷了。星星是黑的，是长的，就跟个冰棍儿一样。一有星星，我就很冷啊……”

“哈哈哈……不对的不对的……太阳是圆的，星星是个小灯泡……”琪琪笑得捂着肚子在地上打滚。

“琪琪你能告诉我风是什么样子的吗？我摸过好多次风，都被它们从我的手里跑掉了……我好想知道风是啥样子……”漂漂的鸡腿吃完了，伸出手挥舞着……

有夜风吹来，吹着漂漂脏乎乎、油腻腻的小手。

10

琪琪被他妈妈找到时，是在医院里。

琪琪吃了另一只从冰箱里拿出来的鸡腿，还没到天亮就上吐下泻的，把老男人吓坏了。于是，琪琪便被给他打针的小护士发现了。那个小护士看到过关于琪琪的寻人启事。琪琪的妈妈当场给了那个护士一万元钱。

老男人被拘留了。因为琪琪的妈妈告他拐骗儿童。

琪琪的话没人相信。警察叔叔说他被老男人的谎话骗住了、骗傻了。

11

阳光很好，有风吹来，吹着漂漂脏乎乎小手，吹着她那张凹陷着两只眼睛的小脏脸儿。泪水把她的小脏脸儿洗得花花的。

漂漂要进福利院了，她临被抱上闪着红灯的那辆汽车时，突然对一直跟着她的琪琪说：

“琪琪，我摸出来了……风是圆的，风是黑的……”

水萝卜棵

就这样出门吧。

君晓要走的时候，又站在双人床前的那面大玻璃镜前，把自己端详了几眼：一身蓝西装，一件暗格衬衣，一根绛紫色领带，还有妻子给他买的那双老人头皮鞋——他对自己的衣着很满意。刚刚刮了胡子、理了发，这让他一下子从颓废了快一年的日子里精神起来了。

就这样去见妻子，她不会再嗔怪自己不修边幅了；她也许还会吃一惊，说，君晓，你什么时候学会自己收拾自己了呢？

自从结过婚之后，每逢君晓的生日，都由妻子给他操办生日晚宴，而那晚宴上，必定少不了一道菜——蒸水萝卜棵。

那水萝卜棵其实也就是一种野菜。到君晓生日前后的时节里，那种野菜已挺过长长的冬天，再往后，等到春风暖起来的时候，它就迅速地开花结籽；开那种淡紫色的、很小很小的花，结那种深褐色的、很小很小的籽。等夏天热烈出一个蓬勃的世界时，水萝卜棵早已挺立在正在灌浆的麦田里，拖着满身的种子老去……

君晓就是因为有了这很不起眼的“水萝卜棵”，才捡得一条命的。他出生的前一年秋，黄河水冲去了一季的收成，老家骑河镇的人一起挨饿，到他出生的春上，家里早已没有了任何可以糊口的东西，以至于母亲的乳房里总也挤不出一滴奶来。幸亏地里有随处可见的水萝卜棵，父亲挖来，母亲便蒸或者煮，然后嚼碎，把那绿糊糊抿在他嘴里，他就这样靠着水萝卜棵活了下来。

从小，每到生日，母亲就会在煮好的红皮鸡蛋旁，再给他端上一碗蒸熟或者炒熟的水萝卜棵。母亲总是边淘洗水萝卜棵边唠叨：水萝卜棵是你晓晓的命哦。妻子过门后，便理所当然地把这些话记在了心里，而且，也下了很大工夫和母亲学习烹调水萝卜棵的厨艺；再后来，他们离开骑河镇到了省城，妻子就把过生日时准备水萝卜棵的传统，让婆婆很放心地继承下来了。

自然，这次去和妻子一起过自己的生日，君晓也没忘了带上水萝卜棵，不然，妻子会怪他丢了这么多年的传统的。早几天前，君晓在菜市场居然碰上了一个卖这种野菜的。那个乡下大嫂要 5 块钱一斤，他没还价，就过了秤，花 20 多元钱，全部买了下来。

终于来到妻子跟前了。君晓坐下来对妻子说："又到我的生日了。不过，我把生日提前了一天，改成今日了，你不会怪我吧？"

妻子看着他，没有说话，君晓只顾自己说下去："……你不说话是吧？一年都没见你了，你就不想我？我很想你啊，咱们琪儿也想你。你临走时，让我带好他，我哪能不听你的呢？现在琪儿就要初中毕业了。前些天，我专门带着他回了一趟骑河镇，去看看咱娘。顺便领他到麦田里，让琪儿认识认识水萝卜棵。以后，我再过生日，琪儿就会去给我挖了。不过以后也许用不着再去郊外挖了——忘了告诉你了，现在，近郊的老乡也知道水萝卜棵受人喜欢了，也知道城里人时不时爱吃口野菜了。他们把水萝卜棵挖来当菜卖，比种出来的蔬菜贵多了。昨天，那个大嫂就问我要 5 块钱一斤，我没还价，就全买来了。你是不是又该怪我乱花钱了？"

妻子仍然看着他，不跟他说话，君晓仍继续像个唠叨婆婆那样自顾问着："去年我过生日时，怎么没人卖水萝卜棵呢？唉……"

去年的今天，妻子像每年君晓过生日一样，照例在他生日前一天去近郊的麦田里挖水萝卜棵，很晚了还没回来。君晓在外边喝醉酒回到家里很久了——他根本不知道第二天就是他的生日。他渴极了去倒水喝，饮水机上的纯净水瓶是空的。他晕晕乎乎地去烧水，打火时不小心被天然气灶喷出来的火苗舔了一下手，酒后无德的他顿时火了，居然一抬手把放进茶叶的茶杯砸向了墙上他们的结婚照！砸得很准，正中妻子那漂亮的鼻子……

“唉……那时我真的错怪你了，到现在你也许还不原谅吧。你不知道，就因为这个，我总跟自己过不去。我知道现在说什么都晚了……我那时怎么就没想到第二天是我的生日呢？怎么就没想到你总是在我生日前一天去挖水萝卜棵呢？我真浑！今年不用你去挖了，我把水萝卜棵带来了，咱一起吃吧。你忘了？咱娘说水萝卜棵就是我的命啊。因为……因为我的‘命’……你……呜呜呜……”

君晓唠叨到这里，竟鼻子一酸，伏在妻子面前哭了起来。

妻子仍那样定定地看着他……

“我把蛋糕摆好了，蜡烛也点上了，你还跟以前那样，祝我生日快乐吧，再吻我一下吧。哦……你不会吻我了，那，我吻你吧……”

君晓说完，伏在眼前那尊墓碑上的妻子的黑白照片上，深深地吻了一下。君晓没有注意到，妻子的墓茔旁乃至整个陵园里，都有水萝卜棵在开着淡紫色的小花……

萧潇雨的窗外

主任把这位名叫萧潇雨的采访对象的资料递到我手里说："去吧，别着急。采访这样的人，注重和她心灵上的沟通，这样才能真正写好一篇人物报道……"

按响门铃的时候，我听到门里边一阵窸窸窣窣地响，接着，门就打开了。来开门的是一位二十岁左右的姑娘，她说她就是萧潇雨。我暗自吃了一惊：主任说的那位开通"爱心雨热线"的姑娘，原来是这个样子！

我进门。萧潇雨给我倒了一杯水，我赶忙扶了她一把，接过来道了谢。

采访开始了，萧潇雨却似乎配合得很不好。我闹不明白她在"爱心雨热线"中和那些人生受到挫折的人们是怎么沟通的，因为我们的沟通已经发生了困难。她总是答非所问，我还发现她的注意力并不在我的采访话题上。

她的脸总是朝向这个狭小的客厅里的那扇唯一的窗户，窗前，挂着一个很大的鸟笼，鸟笼里有鸟，还有一串风铃。

"刘记者，每天早上风铃一响，我就知道天亮了。风铃叮叮咚咚的声音，跟鸟叫的声音一样好听啊！"

"唔……"我敷衍着她的话，"你就这样整天在家听风铃、听鸟叫吗？"

我试图从外围往我要采访的话题上包抄。

“不。有很多的朋友在热线上陪我聊天，和我交流，我怎么会是一个人呢？”终于，她把话题转移到了她的热线上。

“哦，是吗？你为什么要开通这个热线呢？”我紧紧抓住这个话头不放。

“因为我想把我的风铃声、鸟鸣声告诉给更多的朋友……”这些理由几乎是幼儿园小孩子们天真的想象，丝毫没有我路上设想好的那些豪言壮语，我很失望。她就靠这些鸟鸣声、风铃声为那么多的要走绝路的人指点了迷津？我开始怀疑主任给我的这个报料的价值。

“还有，我还告诉他们，我家里有一扇窗户……”

这有什么稀罕的，谁家的客厅没有窗？我不便流露我的不屑，只好耐心地听着下文，好瞅准时机，切入我的话题。她似乎谈兴很浓，只顾继续说着——

“你看到我家的这个窗户了吗？窗户外边，有一棵很大的梧桐，梧桐树上，有很多白鹭鸟。每天早上，它们就早早地唤我起床，然后，给我唱歌……它们的歌喉，是那么的美……”

我合上了采访本。我已经明白这次采访肯定要失败了。

“我在它们的歌声里起床，吃妈妈做好的早点；然后，我就跟它们说话……梧桐树的空隙里，透过来一缕缕金色的阳光；远处，是一朵朵飘在蓝天下的白云；白鹭，还有燕子，还有云雀，哈——还有布谷鸟……它们看我一个人在家里，都飞到我的窗前陪我，跟我说话，给我唱歌。我的嗓子不好，唱的歌很难听，我就摇摇那串风铃感谢它们；它们就在我的风铃声中，绕着我的窗户跳舞……”

我望望那扇窗户，望望那个一尘不染的鸟笼里边的风铃，竟渐渐地被她的话迷住了。我决定不打断她，不再提采访的事，让她继续说下去……

“我家窗户外边的风景，每天都很美哦。有时候，梧桐树上面的阳光是金色的；有时候，小鸟们的羽毛是金色的；有时候，远处的天空是金色的……”

萧潇雨在说这些话的时候，脸一直朝着那扇窗户，脸上有一种红晕，我想那是她心情很好的缘故。

“什么都是金色的？就没有其他颜色吗？比如，天阴的时候，下雨下雪的时候……”我似乎成心要煞煞她的兴致，好让她收住话头，回到我的采访中来——我总不能白跑一趟吧？

“当然，我总是在心情不好的时候，发现窗外的风景也变了颜色，变成了乌云滚滚的黑色，梧桐树上的小鸟也不知道飞到哪里去了……它们不来陪我，我的心情就很糟糕，甚至想过很多次自杀。有一次，我甚至把偷偷攒了很多天的安定片都拿在手里了，但我想最后再看看窗外的梧桐树。我走到窗前的时候，碰到了那个鸟笼，风铃响了，叮叮咚咚的声音，和以前一样。我突然明白了：窗外的风景依然美丽，只是我一时的感觉很糟糕罢了……”萧潇雨站起来走到窗前，用手拂了一下那个鸟笼，叮咚悦耳的声音立刻淌满了这个很小的空间……

“哦，对不起。我不该问你这个……”我向她道歉。

“这不怪你，你不问我也会给你说的。我知道我所说的不是你想要问的内容。但是，我在我的热线里，每天给朋友们讲的，的确就是我刚才所说的那些窗外边的风景啊……”

萧潇雨的话题终于回到了“热线”上，我下意识地打开了采访本，但这时，桌子上的那部金黄色的电话忽然响了……

“喂，这位朋友你好！我是爱心雨热线……哦，你好。哦……是吗？你想去旅游，但是你一辈子也实现不了你的梦想了……我能理解……哦……是吗？那我先带你到我们这儿旅游一趟吧……现在，我就在我家客厅里，我先给你说一下窗外我看到的风光好吧……”

我静静地听着萧潇雨和电话那端的对话，并飞快地在采访本上记录着她所讲述的内容。我听出来了，给她打电话的这个小伙子，遭遇了一场车祸，不幸失去了双腿，但他儿时的梦想，是做一个徐霞客那样的旅行家。我还听出来，萧潇雨并没有给那个小伙子讲什么人生真谛之类的大道理，她真的是在描述着她家窗外的风景，但这时，她讲的已经和刚才的内容完全不一样了。她把中岳嵩山的伟峻、龙门大佛的神韵、黄河涛声的雄浑……完全收进了她家这扇窗口，如诗如画般的语言，让电话那端的小伙子渐渐地入了迷，也让我迅速痛恨起自己来。为什么踏遍了全省各地的我，对家乡的这片厚土，还没有眼前这位盲姑娘了解得多、而且还爱得那么深情呢？

我再一次望了一眼那个油漆剥落的窗户——窗口外边紧紧挨着楼房的那堵围墙，依然严严实实地遮挡着窗外的视线，连阳光也透不进来一点儿……

扁担七

扁担七的真名叫卞七。

扁担七从早到晚在骑河镇一带转悠，肩上总挑着个担子。担子两头挂了两个麦秸篓，篓里总有半篓烧饼。

扁担七早上担出去两半篓烧饼，晚上会担回来两篓钞票来。

小米都涨到10万块一升了，扁担七的烧饼还是老价儿——三万一个。

那天，石夯买他的烧饼，数错了票子。扁担七后晌到家没顾上吃饭，攥着那多出来的1000块就来敲石夯家的门。

“这‘光头票’都得当擦屁股纸了，一千两千的，你还送过来……”石夯啃着一块生红薯出来了。

“生意嘛……嘿嘿……一是一、二是二。”扁担七盯着石夯手里的半截红薯直咽口水。

“光棍儿日子不好过呀！还没吃饭吧？对了，那个……凑得咋样？”前几天石夯在骑河镇的邻村，给扁担七说了个媳妇，人家提出彩礼不要票子，要10块现大洋。“我腿都跑细了，人家就是不松口。”

“嘿嘿……票子攒了一布袋，这黄河滩里，到哪儿去兑现洋？找不着地方兑现洋，这……咋办？”

石夯甩了红薯蒂：“如今这现大洋比老婆都难找啊，你不会想想别的招儿?”

等骑河镇上插了红旗的时候，扁担七的媳妇才娶回来，还是“进门喜”，头一个月就怀上了。

人要是走运了阿斗都能坐朝廷，这好事儿像瞄上了扁担七。上头来的工作组进村没几天，新任的村长石夯突然在群众会上宣布扁担七是“地下党”，那可是革命功臣啊！连工作组的组长见了他都毕恭毕敬，叫他“卞七同志”。

群众会上，工作组的组长向大家介绍卞七同志怎样利用卖烧饼做掩护，如何巧妙地把情报藏在麦秸篓里，又怎么机智勇敢地穿过敌人的封锁线，不分昼夜地奔走于敌占区和解放区之间的……

邻居们的眼睛睁得像铜铃，觉得台上披红挂彩的扁担七简直……简直就是“卞七同志”。

“下面大家欢迎卞七同志介绍自己是如何从一个受剥削压迫的劳苦大众成为一名光荣的共产党员的!”工作组组长说完这话就和石夯村长带头鼓掌……

邻居们没有听明白扁担七介绍的“如何”，只觉得台上的“卞七同志”一下子比戏文里的梁山好汉都厉害。

散会了，会场像落了一群麻雀的树林子。

“瞧人家扁担七……噢，卞七同志，多光荣!”

“平时不显山不露水的，咋就……”

“听听人家台上说的话：‘三座大山’‘劳苦大众’‘阶级压迫’，净新词儿”。

“咱从前天天头碰头的，咋就不知道身边出了个地下党呢?”

……

大伙儿咋捉摸也弄不明白扁担七是咋变成卞七同志的，就去问石夯。石夯搓了半天下巴，搁下一句话：“我也不知他咋想的。”

骑河镇这一带圈在黄河湾儿里，除了土匪多，是个鬼都不下蛋的地方，都解放了党员还没发展几个，别说“地下党”了，更稀罕。扁担七便不再卖烧饼了，天天戴着大红花去开会、去做报告。每次他讲完了“三座大山”等等之后就回到家里关上门，不再露面儿……

扁担七没福气，好日子刚过了两年，就一天不如一天了，像欠了乡邻啥东西，连走路都绕着大伙儿，收完大秋又染上了霍乱，连吐带泻两天后，已气如游丝，县里的医生都来了，也没法儿。

又挺了一天，扁担七就是闭不上眼，总往石夯村长家的方向盯。他那个用十块大洋换来的老婆抹着泪把石夯请来了，扁担七已经脱水凹陷的眼睛一亮，死盯上了石夯。石夯附过耳朵，扁担七的声音小得如蚊子哼，只有石夯听得到——

“村长，俺……俺骗了大伙儿。其实，俺入党，是……因为送一回情报，八路……八路给……一块现洋的路费。不像国军，不……不给钱还……还得挨打……再说了……我……我挣够彩礼就不干了，哪像……哪像会上说的，都是工作组组长教俺的……”

石夯村长听完，对着死盯住他的那双眼睛大声说：“俺知道了！回头俺给大伙儿说个明白！”

扁担七眼神儿一亮，没了气息。

石夯村长并没有给大家说明白，还向县里汇报说扁担七是因多年的地下工作，积劳成疾而“光荣”的。

前些年，村子里搞责任制，当了几十年村领导的石夯也交了印。我和他喝酒喝到他撒尿都解不开裤带儿时，他竟把压在肚子里几十年的扁担七临终那几句话端了出来，末了他说：

“亏他死得早哇，捞了个‘光荣烈士’的好名声。”

最后的感觉

赵锡伍气喘吁吁地闯进骑河镇上唯一的屠夫石布袋家里时，石布袋和老婆正在吃午饭。

“快！想办法让俺躲躲，有人要杀我！”赵锡伍从口袋里摸出一大把现洋塞到石布袋手里后，一把夺下了他的饭碗。

石布袋慌忙跳起来，揩了一把鼻涕，两眼对着那家徒四壁的小屋扫了一圈儿。屋子里除了一大堆这两天剥下来的马皮、驴皮、羊皮外，再没有别的东西了。他对赵锡伍说：“委屈司令在这儿躲躲吧。”便让赵锡伍蹲到一个柳条编的大筐里。那筐是平时盛放那些从牲畜肚子里扒出的、来不及拾掇的五脏六腑用的，又腥又臭，脏得让人看了就想呕。

石布袋和老婆七手八脚地把屋子里那些马皮、驴皮、羊皮堆到了赵锡伍身上，高高的一堆，压得赵锡伍几乎喘不过气儿来；堆完后，又顺手端了一盆血水泼到了那堆臭皮囊上；刚把瓦盆放下，外面就闯进一群荷枪实弹的土匪。

“看见赵锡伍那个兔崽子了吗？”一个歪挂盒子的头目进门就冲石布袋吼。

“没……没有，老总！”

那帮家伙把石布袋家里搜了个鸡飞狗跳之后，“歪挂盒子”瞄上了院子里的那堆兽皮。他绕着柳条筐转了三圈儿，歪着头挥了挥手。

石布袋的腿开始打战。

几个家伙跑过去，抽出刺刀对着那堆臭皮囊一顿猛戳！

“我的皮！”石布袋喊了一声就往前扑。

“你的皮？哈哈……这是你的皮？”“歪挂盒子”把嘴里叼着的烟屁股一甩，朝石布袋肚子上踹了一脚，然后走到院子里的那口大水缸前，掂起一大块儿泡在里边的血淋淋的驴肉说：“孝敬孝敬老子！”又挥了挥手，“撤！”

土匪们纷纷下手，几乎把水缸里的肉抢得一块儿不剩。

土匪们顺着凉水河，窜出骑河镇老远了，等石布袋的老婆望风回来，两口子这才忙把赵锡伍扒了出来。赵锡伍浑身上下血迹斑斑，脸上也沾满了猩红的兽血。他从筐里跳出来就往门口望：“他们都走了？”等他确信已没危险时才惊魂方定：“布袋老弟，赵某谢谢你的救命之恩。你是条汉子！刚才刺刀差那么一点儿就戳到老子的脑袋了。这些驴皮，臭烘烘的，压得我动都动不了。要是鳖孙们再用点劲儿，老子非完蛋不可！”

“赵司令，我可吓坏啦！他们一盯上那堆皮，我的腿就筛糠。拿刺刀戳您时，我差点儿没尿一裤子。不知赵司令在觉着自己命快绝时，心里头啥滋味儿。”

“啥滋味儿？我……”赵锡伍正要说下去，石布袋的老婆惊慌失措地从门外跌了进来：“不……好了，他们又拐回来了……”赵锡伍“噌”地拽出腰里的盒子炮就要往外冲：“老子拼了他们！”石布袋拼命拽着赵锡伍：“别……别……”

“司令！司令——”门外跌跌撞撞地冲进四个人，也是荷弹实弹的。赵锡伍定眼一看，就把枪收了起来：“刚才你们都躲到哪个地方去了？”臭骂一顿后就自顾去洗脸，洗完脸整了整衣领，立即恢复了司令的威严。他微笑着向石布袋两口子踱过去，两只眼睛透着平时极少见的温和。

石布袋也憨笑着迎了上去：“赵司令……”

“捆起来！”赵锡伍突然变了脸。四个家伙瞪着眼睛扑上去，极熟练地用经常捆那些该死的牲畜们的绳子，把石布袋两口子绑了个结结实实。赵锡伍背着手走过来，伏在石布袋耳朵上说：“我不想让任何人知道我刚才的熊样儿，所以我得宰了你。”然后就命令士兵们把石布袋和他老婆押到院子里的一面土墙下，又命令他俩面对着墙站好，不准回头。

背后传来了“哗哗啦啦”拉枪栓的声音。石布袋的两条腿像抽了骨头似的想瘫，脑袋里像刮着一阵狂风，呼呼地响，小肚子里憋得慌，心咚咚地跳，脖子像被人卡住那样透不过气儿来……

赵锡伍，你恩将仇报，杀人灭口哇！石布袋心里骂着，却不敢出声。“预备——”身后又传来赵锡伍狼嚎似的声音，就像远处很小的声音钻进了耳朵却如霹雳，炸得他整个头都蒙了。

完了，完了！这辈子就窝窝囊囊地完蛋了！杀了一辈子的生，也该遭报应了。石布袋想到这里，心里反倒镇定了。他瞥了一眼老婆，她脚下湿了一大片——娘们儿家，没种！

石布袋绝望地闭上眼，站在那里等死……

半晌，也没听见后边再有动静。石布袋一咬牙只管回头看——院子里竟空无一人！刚才赵锡伍站的地方堆着几摞现大洋，下面压着的一张纸上写了一行字：“你问我刚才啥滋味？你小子知道了吧？”

仇

大炮轰开汴京城的城门时，正巧杠子爷正担着挑子在城里卖江米甜酒。飞来的弹片削去了他的左胳膊。幸亏开棺材铺的杨掌柜把他装到棺材里，拉到城北门外的树丛里藏着，他才勉强捡了条命。

“哐——轰!”占了城池的鬼子支起大炮轰铁塔。轰了半天，铁塔仍巍然屹立，鬼子们只好悻悻撤兵。

“小日本!”北门外的黄沙和城墙差不多高。趴在城墙垛口间，杠子爷居高目睹这一切，断胳膊疼得死过去几次嘴里却还在骂。整个汴京城，杠子爷感到最神圣的就是那高得钻到云彩眼儿里的铁塔了。

后来，杠子爷又得知爹娘一齐死在了鬼子的炮弹下，他就认为天底下坏透了的人就是日本鬼子。打那以后，他骂人最狠的话就是：“小日本!”

杠子爷因为缺了条胳膊，一辈子也没讨上杠子奶奶，却和早就改了行的杨掌柜亲如弟兄。五一年闹“土改”，俩人一块儿回了骑河镇，扬眉吐气地分了地，又过起了庄稼人的日子。

杠子爷六十大寿那天，他和杨掌柜就着一盘韭菜炒鸡蛋美滋滋地喝着酒，忽地，墙上的话匣子里说中国和日本建交了。他待在那里愣了半天，忽地站起来把酒杯摔了个粉碎，又把话匣子拽下来一脚踩了个稀烂，嘴里大骂：“小日本！便宜他们了……”蒙上头睡了两天不吃不喝。

杨掌柜因是杠子爷的救命恩人，所以杠子爷就认为天底下最好的人就是杨掌柜，要是有人在他面前夸别人时，他随口就来一句：“能比杨掌柜还好么?”

有一天，在县城上班的杨掌柜的孙子大顺给耳朵有些背了的杠子爷买了一个助听器，杠子爷笑眯眯地戴上了。杨掌柜问：“咋样？能听清不?”

“能，能!”杠子爷乐不可支。

“日本进口的，要不能这么好?”大顺随口说道。

“啥？小日本造的?”杠子爷像脖子里套了条蛇，麻利地把助听器拽下来，宁肯打哈哈、打手势跟人说话，死活不肯再戴上，打那以后再见了大顺就不理不睬。

这天，杨掌柜进门就喊：“杠子哥，杠子哥，咱大顺要出国留学啦!”

“啊？去哪国?”杠子爷搬着耳朵问。

“日本——去日本留学!”杨掌柜手里掂着一瓶酒，扯着嗓子跟他说话，“咱哥俩喝两盅，庆祝庆祝!”

“去日本？庆祝个屁！小日本!”杠子爷疯了似的夺过酒瓶摔了个稀巴烂!

第二天一大早，杨掌柜就发现杠子爷住的屋子已人去室空，连铺盖卷儿也不见了，就剩下那台助听器烂成几瓣扔在地上。杨掌柜和儿女们找遍了骑河镇方圆百十里，甚至连汴京城的故交也写信去问了，仍没有杠子爷的一点儿音讯……

路 祭

四奶奶颤颤巍巍地从怀里拿出一个油漆斑驳的首饰盒，说了个地址让孙子大宝替她填邮单。邮电所里的人把盒子收进去了，四奶奶突然又要了回来，搂在怀里抚摸了半天，干瘪凹陷的眼眶里噙了泪问："啥时候能邮到?"

"最慢一礼拜!"邮电所里的人答。

四奶奶便把邮包递过去叹着气说："真慢呐!"

回家的路上，遇到了大宝最不想见的女人九婶。自从那次在树林里撞上爹和九婶缠在一块儿，大宝才明白娘刚死五六年就传出的闲话是真的。于是大宝就认为九婶坏了爹的名声，也坏了他一家人的名声。因此，遇上九婶就是遇上了煞星，他总要啐一口唾沫，私下里再骂一阵九婶。

谁知四奶奶却让大宝停下毛驴车，把九婶唤过来攥着她的手说："他九婶，你也有主心骨呀！我撑不了几天了，看我这辈子活的，真亏!"四奶奶的眼里噙了泪："名声！是个啥吔——"

九婶的眼圈也红了。

回到骑河镇的家里，大宝就见爹正蹲在门槛上抽烟。等把不会走路的四奶奶抬到床上，大宝就一脸苦霜，把爹喊到另一间屋里说了路上遇见九婶的事儿；大宝爹听完也一脸苦霜，掐着烟屁股发傻。

四九年，四爷随大军渡江，和南京的城墙一块儿粉身碎骨了。为了保全“英雄的妻子”的名节，四奶奶熬得再苦再难也不改嫁。后来骑河镇风传同村的光棍儿石磙和四奶奶有染，时任村支书的大宝爹就带着民兵打折了石磙的左胳膊，又把他下了大牢。四奶奶再没见石磙回来，就守着大宝爹寡到现在。

唉——屋檐滴水点点照啊！大宝爹“啪”地扔了烟头，猫到床上睡觉去了。

四奶奶眼看一天不如一天了。一个礼拜后的晚上，她从太阳不落就唠叨：“真慢哟！等了七天，东西总算寄到了，总算寄到了……”唠叨到后半夜，已气如游丝，嘴里还喃喃：“收……收到东西给回个话儿……”又停了一阵儿，厮守在床前的子孙们号啕起来——四奶奶辞世了！

停了七天的热丧，四奶奶要上路了。骑河镇的乡邻们用一个又一个的路祭表示对亡者的哀悼。从上午十点起灵一直到快下一点了，路祭才算摆完。送葬的队伍开始缓缓地向坟地蠕动。

突然，打头的执客又喊：“客到——”

又有路祭了。

一位鬓发皆白的老者，跌跌撞撞地扑到灵车前的祭桌旁，“扑通”跪了下来，没有人认识他是谁。这老者颤着手从身旁的大旅行袋里拿出一个木盒子摆到了餐桌上的供品前——捧着四奶奶遗像的大宝认出了那是半月前奶奶交寄的首饰盒。老者又颤着手打开了那个油漆斑驳的首饰盒，拿出了两样东西：一方早些年才有的粗蓝棉布蜡染白花头巾，还有一双银镯子。

老者涕泪齐流，强撑着行起了祭奠亡者最重的礼节。大宝爹突然止住了哭声，他发现老者在行祭礼时有点儿异样：左胳膊总抬不起来，这不是三十八年前被他打折胳膊的石磙吗？

石磙这时已瘫到地上哭成了一堆：“啊啊——你为啥不再等我几天哪！收住你的东西俺就知道你不中了呀——啊啊——几十年了啊，我送你的东西你为啥要还给我哪？你走了我咋办哪——啊啊啊——我可是念着你才活到今儿个的啊……”

大宝爹又号起来，哭得比石磙还响，一直扛着的招魂幡也扔到了地上，头“啪啪”地撞着四奶奶的棺材板，哭声嘶哑又悲怆。

看送殡的人这时候大都认出了石磙，眼娇的也陪着抹泪。

石磙哭了半晌，一旁的执客又劝又拉也没用。忽然，他猛咳几声，头就歪在了一边，地上留着一摊咳出的殷红的血，身躯瘫在地上仍抖抖索索……

“石磙叔呀——”人群里突然窜出一个女人来，边抽泣边上前拽石磙。

竟是九婶！

俺只想过穷日子

金砖领着一帮亲戚邻居在省城盖大楼，居然混成了老板。

金砖哥和金砖嫂是一块儿吃过大苦、受过大罪的患难夫妻。金砖哥自小没了爹娘，又是老大，领着二弟金锭、三弟金堆，苦熬到一辆自行车把金砖嫂拖进骑河镇，也没熬来一块儿金子。娶了金砖嫂后，他们的日子才慢慢好起来。

先是金砖嫂把金砖哥赶出骑河镇，说，爷们儿家光猫在窝里有啥出息？你出去闯！后来，她把孩子往娘家一送，也跟着金砖哥出去闯了。他们贩过青菜，倒过西瓜，收过废品，卖过冰棍儿，甚至刚一进省城时，做生意没本钱，还灰头土脸地捡过破烂儿。

闯了几年后攒了点儿小钱儿，金砖嫂又觉得贩夫走卒终究不是男人的立身之本，大老爷们儿要想光光彩彩地站到人眼前，得干点儿正经营生。于是，金砖哥就领着骑河镇上的一帮人，在人家的建筑公司里打起了小工。金砖嫂一心一意守在家里，伺候着地里的庄稼，伺候着自己的孩子，伺候着两个没有老婆的小叔子。

那年快到年三十了，金砖哥连夜回了家——他是来找金砖嫂拿主意的。

眼瞅着快过年了，他们正盖的那座大楼工期紧，跟他一块儿走出骑河镇的民工们却急着要回家团圆，金砖哥也领着那帮弟兄们跟公司的头儿闹。建筑公司的老板放出话：回去过年可以，工资扣一半儿；如果谁能坚持春节期间上工，就开双份工钱……说完了，金砖哥问老婆："你脑瓜比我好使，你说说，我咋能把俺们的工资要回来，又能回家跟你和孩子团圆呢?"

哪知道金砖嫂"啪啪"拍了几下大腿说："你傻呀！这是个机会！你天明就回，找人家说：你不但过年不回去，还保证你那帮弟兄不回家。咱也不要他的双份工资，让他们把剩下的活儿都包给咱!"

金砖哥心里有点儿不踏实，问："那中么?"

"中不中你试试！大老爷们儿要想活出个人样儿来，就得找机会干大事儿!"金砖嫂一直给丈夫打气儿。

"那……好吧，俺试试……"金砖哥还是底气不足。

"可记住一点儿，先把账算仔细了。除了给你那帮人开工钱，咱得有赚头。"

后来，金砖哥每说到这档子事儿，末了总忘不了说一句："那晚，嘿嘿，你嫂子对俺特别亲……"

没想到金砖哥就从那时起，真的当上了老板，而且越当越大。

当了老板的金砖哥想让金砖嫂和孩子都搬出骑河镇、搬到省城来，金砖嫂却舍不得那个家和那十来亩责任田。她对金砖哥说："你在外头好好混吧，我给你养着孩子守着家。"

混成老板的金砖哥有了钱，有了钱金砖哥回老家与金砖嫂团聚的日子就越来越少了。终于有一天，跟着大哥的、憨厚实诚的小叔子金锭对嫂子说："你还是去城里跟着俺哥吧……"

金砖嫂觉得金锭这句没头没脑的话有来头，拽住小叔子不依。逼得急了，金锭喊来了一起跟着大哥干的金堆。弟兄俩都觉得嫂子伺候他们吃、穿，伺候他们上学，他们不能对不起嫂子，便吞吞吐吐地把哥哥"犯的事儿"抖了出来。原来，金砖在外边认识了一个歌厅里的小姐，不但大把大把地在她身上花钱，还走到哪儿带到哪儿。

金砖嫂话没听完，就号起来了，她哭着、骂着、数落着，把她来到这个家之后大大小小的事儿翻来覆去地说了好几遍，弄得金锭、金堆兄弟俩不知道该咋劝这个哭天抢地的嫂子……

从那以后，金砖嫂变了，家也不管了，地也不管了，孩子也不管了，天天傻着脸发呆。过了一段时间后，她撇下那个没有热乎气儿的家，带上孩子去了省城……

一年多以后，金砖哥的老板就当不成了，他又回到了骑河镇，回到了原来的穷日子里。这一切，用金砖哥那句咬牙切齿的话说："都是俺老婆那败家娘们儿倒腾光的！俺孬不住她！"

金砖嫂也说："家都快没了，俺要钱干啥？俺咋光想过以前捡破烂、卖水果的穷日子呢？这辈子，俺啥也不想啦！就这么穷着、伺候着男人长头发啦！"

谁都知道金砖哥的钱被老婆折腾完了，连金砖哥也死心塌地地在家种起了庄稼，尽管老不甘心，但一瞅见老婆那双刀子一样的眼睛，腿就发软了，老老实实地该干啥干啥去。

两年后，儿子考上了大学，光学费就得好几千，金砖哥愁得直挠头，直到第二天该送儿子上路了，他还没凑够那笔学费。耷拉着脑袋吃完晚饭，金砖嫂把他喊到了卧房里，问："穷日子不好过吧？"

金砖哥光叹气，不说话。

"俺跟你过了快二十年了，你也给俺掏一回心窝子，往后你这心还花不花了？"

金砖哥不敢看老婆的脸，脑袋快耷拉到裤裆里了。

"……俺打从进了这个家门，哪一点儿对不住你？啊?！一有俩钱儿你就不知道你姓啥了……"金砖嫂的泪出来了，她鼻涕一把泪一把地把金砖哥数落够了，不知从哪儿摸出个小本本往金砖哥脸上一摔："要不是想着给儿子留条后路，我早一把火把它烧了！"

正垂着头挨老婆骂的金砖哥从地上捡起那个小本本一看，差点儿蹦起来。

那是一张存折，五十多万！正是被这“败家”娘们儿折腾完的那些钱哪！

后来，金砖嫂在和镇上的女人们扎堆闲磕牙时，一时高兴，说了那晚的事儿。她说那天晚上金砖哥对她特别亲、特别好，也特别……男人。

不过，她从来没说过自己是咋把那张存折“折腾”到手里的。后来，金砖哥从骑河镇来省城找我时，喝醉了酒，吐了个一塌糊涂后问我：“那鬼精鬼精的娘们儿，俺孬不住她呀！她咋在俺眼皮底下把俺挣的钱给弄走的呢？俺咋就一点儿都不知道呢……”

人家两口子的事儿，咱咋会清楚？

蜜蜂奶奶

准确地说，应该给蜜蜂奶奶喊姑奶奶，因为她一辈子没嫁人。

一辈子没嫁人的蜜蜂奶奶乐意后辈们给她喊奶奶，所以，骑河镇的后辈们喊着喊着，就把她一辈子没嫁人的事儿给忘掉了。

一辈子没嫁人的蜜蜂奶奶却是个十里八乡很有名气的产婆，后辈们都叫她“接命奶奶”。除了外乡嫁来的媳妇，这骑河镇上五十岁以下的后辈人，哪条命不是她接来的?

接了一辈子命的蜜蜂奶奶极受镇上人爱戴，所以，一听说她快要辞世了，大伙儿都聚到了她住了大半辈子的那间小瓦屋里。女人站在床前叹气、抹泪，男人站在外围默然、吸烟……

蜜蜂奶奶迷迷糊糊两天了，就是不落气儿，闭着眼睛昏昏沉沉地躺在床上，谁也不知道她还有什么心事放不下。

“蜜蜂奶奶，您接来的这些后辈人都在这儿守着呢，有啥放心不下的，您老说吧!”骑河镇的村主任石夯代表大伙儿、也代表村委会上前攥着蜜蜂奶奶的手，俯在她耳朵上问了一句。石夯知道，不但他自己是蜜蜂奶奶“接”来的，他的两个儿子、一个闺女、儿子的儿女，以及嫁到外村的闺女的儿女，都是蜜蜂奶奶“接”来的。

那回，石夯的闺女怀了十一个月、横胎、难产，拉到镇上的医院里，人家不收，眼看羊水都破了，医生叫他们立即转院，因为镇医院没有做剖宫产手术的条件。石夯的闺女肚子疼得已经死过几回了，再转院，大人小孩怕是都难保命。

急晕了头的石夯站在妇产科门前正搓着手，蜜蜂奶奶竟颤巍巍地来了。她二话没说，把拐杖往石夯手里一丢，推开屋门急慌慌地进了产房……

不到一袋烟的工夫，产房里就传出了一阵“哇哇”的婴儿哭声……

蜜蜂奶奶这是一手托二命，“接”回了两个人哪！像这样的事儿，蜜蜂奶奶不知道撞上过多少回了，所以，镇上的人几乎把她当成了菩萨敬着。据说，镇上前些年被“红卫兵”推倒的庙堂里的送子娘娘的神像，就是照着蜜蜂奶奶年轻时的模样塑成的。那慈眉善目的泥像，不知道替蜜蜂奶奶享受了多少香火。

如今，蜜蜂奶奶就要走了，骑河镇的人尤其是女人们，一个个都如同没了依靠似的，悲悲戚戚的。尽管镇医院有妇产科，可她们觉得还是蜜蜂奶奶“接”孩儿接得她们心里踏实。

蜜蜂奶奶挺了两天，就是不肯闭上眼。女人们纷纷趋前，拉着蜜蜂奶奶的手说，您老是有啥挂心的事儿吧，说吧！俺都在，村主任也在。

村主任石夯凑上前说：“您老放心吧，您虽没儿没女，咱这全村人都是您的儿女，保证把您老安安然然地送走……”

石夯媳妇打开一个大包，送到蜜蜂奶奶面前说：“您老看看，寿衣已经给您做好了，全是好绸缎。”

石夯又说：“村委会决定了，给您连唱三天大戏，请来唢呐班、军乐队，再开一个全村人都参加的追悼会送您老上路。”

蜜蜂奶奶听了这话，凹陷的眼窝里淌出了两行浊泪。她干瘪的嘴巴动了一下，石夯忙把耳朵凑上去，终究也没听清她说的啥。

“是想娘家人了吧……”不知道哪个女人提醒了一句。

对呀！人到了这时候，最想见的就是血脉相连的亲人。可是，到哪儿去找她的娘家人呢？蜜蜂奶奶是“跑老日”时，石夯爹从日本人的刺刀下救回来的。这么多年了，谁也没听她说过她娘家是哪里人。一屋子的人都犯愁了。石夯爹早死了，想问问都没个知情人。

又挺了一夜，蜜蜂奶奶的脸色竟红润起来。见过世面的人说这是“回光返照”，她老人家怕是剩不了几口气了。她的嘴里开始咕哝一个人的名字，慢慢地，大伙儿都听清了，竟是“麻狗”——石夯那死去二十多年的爹爹！

一屋子的人的脸上现出了让石夯很难堪的神色。石夯红了脸，扭头走出了那间小瓦屋，直到蜜蜂奶奶咽气，也没再来看一眼。

终于咽了气的蜜蜂奶奶枕头下压着一个谁都没见过的、“跑老日”时候的“良民证”，那上面贴着一张发黄的照片——年轻时的“麻狗”！

骑河镇的老少爷们儿并没给蜜蜂奶奶唱三天大戏，也没给她召开全镇人参加的追悼会，甚至连石夯媳妇做好的寿衣也没给她穿……

二　愣

二愣晕，晕得一头牛有几条腿都得扳着指头数半天。

二愣倔，倔得两头牛都拉不回他那副驴脾气。

二愣穷，穷得除了屁股后头跟着的那条老黄狗，家里再也找不到会出气儿的活东西。

二愣还横，横得连和他是隔墙邻居的村主任石夯都不放在眼里。

有一回石夯觍着脸儿、拿着烟卷儿，请二愣帮他收就要焦在地里的麦子，二愣看都没看鼻子下的精装“散花”问：“我给你收麦子，那你呢?”石夯说：“俺得陪镇上来的领导啊。”“镇上的领导来干啥?”“指导工作呗。”“那让他们到你的地里指导啊。”二愣说完，看都不看面红耳赤的石夯和愣在一旁的镇领导，吹着口哨，领着那条老黄狗掉头走了……

就因为这，村主任石夯不但在镇上的领导面前跌尽了面子，还让乡长骂他在群众中威信不高，工作没魄力。

石夯跌了面子之后，秋后搞农田水利建设时，二愣就分到了积水最多、淤泥最深的河段儿；土地延包时，骑河镇那块儿啥庄稼都长不成的“鸡叨地”就调整给了二愣，于是二愣就更穷、也更横。

二愣晕，直到骑河镇上和他最贴脾气的另一个光棍儿四狗趴在他的耳朵上嘀咕了一阵后，他才晕过劲儿来，原来石夯那鳖孙在跟俺过不去呀!

但二愣倔，他没按四狗说的那样拎着铁锨去找石夯算账，只是从那以后，见了石夯把头仰得更高，口哨吹得更响。那条以前见了石夯就摇尾巴的老黄狗，再见了石夯却龇牙咧嘴地狂吠。

这天晚上，二愣和四狗把石夯骂痛快之后，四狗开始打哈欠，二愣便送四狗回家睡觉。回来快走到自个儿的院门口了，屁股后的老黄狗不知道寻到了啥好吃的，伸着脖子大嚼起来，边嚼还边叽叽呜呜地叫唤。二愣转过身拍了拍它的头说："吃吧、吃吧……俺穷啊！"咕哝了半天，便径自睡觉去了。他没注意到门外的老黄狗叽叽呜呜的叫唤声啥时候变了调儿。

躺下来还没睡死的二愣恍恍惚惚听到院子里有动静。平时，只要有人夜里在自己住的胡同里走过，老黄狗也会狂吠一阵，这回咋没动静啦？二愣起来一看，明晃晃的月光下有个家伙正弓着身子往外拖那条老黄狗。老黄狗横在地上，任那家伙摆布。

这不是撞上贼了吗？这贼，啥不能偷偏要来偷俺的老黄狗，谁家不能偷偏来俺家偷！比如隔壁石夯家，不比俺家有东西可偷吗？那贼比二愣高出半头，壮得像小山，二愣不敢来硬的，就晕头晕脑地跟着贼走。没跟几步，贼发现了他："伙计，回家吧。哥们儿借你的狗解解馋。"

二愣不知道咋回答贼的话，仍旧盯着地上瘫成一堆的老黄狗跟着贼走。贼不耐烦了，拔出一把明晃晃的刀，在老黄狗的脖子上比画着说："这一刀下去，你的狗就变成狗肉啦。别指望有谁来帮你，你没看都下半夜啦，全镇的人睡得比这狗都死。你要敢喊，嘿嘿……"二愣的腿肚子就有点儿发颤："老哥，不就是一条狗么？俺不要啦。俺想请你帮个忙，中不？"

贼一听，说："你别想蒙俺，有屁快放！"

二愣指了指隔壁石夯家的高门楼说："你也去他家偷一回吧……"

贼听了这话一愣。随后，二愣就把石夯跟他结的梁子一桩桩地跟贼学了一遍，末了，还建议贼去偷石夯家刚买的小四轮。他说："你也到这时辰来，从俺家翻墙过去。俺给你看风儿……"贼疑惑了半天，搓着下巴说："你小子别坑俺！""哪能啊？狗都让你吃啦！俺坑你图个啥呢？俺恨死石夯啦！你信不过俺拉倒！”

贼到底还是把二愣的狗给拖走了。贼说他们有规矩：做活儿不能落空，但二愣割舍不下跟了他十来年的老黄狗，悄悄地跟在贼后头，刚出骑河镇，竟发现贼还有人接应。

“活做完啦？”居然是四狗的声音！

“做完啦！那个傻二愣，一点儿也不晕，鬼精着哪！要不是你事先扔的酒馍馍，这事儿咋给石夯主任交代？”贼把拖着的老黄狗往地上一掼，喘开了粗气。

二愣这会儿晕得找不到东西南北了。他知道，贼是不会再来给他“帮忙”啦！

第二天，无精打采的二愣一起床，屋门口竟放着一大块煮熟的狗肉！二愣没吃，他把那块肉捧到那块“鸡叨地”里，为老黄狗封起了一座坟，等土堆堆起来时，二愣流了泪……

没有了老黄狗的二愣觉得这日子清冷清冷的。过了几天，突然有人晚上来敲门——竟是那贼来“踩点儿”的。正在二愣院子里转圈儿，二愣冷不丁问：“那狗肉，是四狗送来的？”贼一愣，说：“嘿嘿……你都知道啦？石夯那厮，本来说好的，事儿成了给二百，俺给你说，他的活儿，俺做定啦！”

第二天后半夜，贼如约而至，还带了两个帮手。二愣把早已准备好的一摞砖搬到墙根垛起来，三个贼挨个翻进了石夯的院子里……

等贼把石夯家的那辆新四轮推出村外，抡着摇把正准备发动时，二愣来了：“别摇别摇！前面有人。推着，跟俺走！”三个贼就气喘吁吁地推。走了一阵，二愣才说：“中啦，赶紧开车跑吧，记着，千万别开车灯！”仨贼就把拖拉机发动起来，刚“嗵嗵嗵嗵”跑了没多远，突然“轰隆”一声，没影啦！

骑河镇村头二愣的那块儿“鸡叨地”里不知啥时候挖了个一丈多深的大坑，那仨贼和石夯家的小四轮，一块儿翻进去了！

“抓贼啊——抓贼啊——贼偷了村主任家的小四轮啦——”二愣从土

堆里抽出一把铁锨，一边没命地拍试图跳出陷阱的贼，一边扯着嗓子喊……

等骑河镇的乡邻们嚷嚷着赶来把贼捉住，村主任石夯拉着二愣的手使劲儿晃着道谢时，二愣瞥了一眼陷阱前的那个狗坟说：“你别谢俺，俺是给屈死的老黄狗出气呢。”

石夯的脸有点儿发热，肚子里骂：这个二愣，还是恁倔，恁横——真晕哪！

麻爷镶了一口牙

麻爷的小名叫麻狗，他不但长得丑，还从小落了一脸大麻子。按说，他是很难讨上媳妇的，可麻爷年轻时偏偏高跷踩得顶尖儿棒。他腿上绑着七尺长的高跷马腿，能从六张叠着的桌子上，一个鹞子翻身翻下来，落到地上大劈叉，接着鲤鱼打挺站起来继续凌空翻跟头。他逢年过节跟着骑河镇的高跷队出风头，次数多了，邻村的俊俏闺女——那时的二妞，就偷偷跑到麻爷家里，死活不肯走了。结果，二妞就变成了麻奶。

1959 年，麻爷和全镇的棒劳力饿着肚子大炼钢铁，得了空儿还得敲锣打鼓、踩着高跷庆祝放“卫星”。那回麻爷只叠了三张桌子玩儿他那鹞子翻身的绝活，结果，一天只能吃二两红薯秧和花生皮磨的“淀粉面”的麻爷失了手，一头从桌子上栽了下来，那张麻脸正好栽到了那座“赶英超美炼钢炉”上。这一下，麻爷就更丑了——他不但栽掉了一口钢牙，满脸的大麻子上又落了一块大疤。

麻爷没了牙，吃东西两片嘴唇一包一包的，看着都难受，而且说话也跑风。他那张又黑又丑的麻脸，不但镇上的小孩子躲着走，连大人也很少跟他说话；麻奶却不嫌老伴儿丑，麻爷不管在镇上走到哪儿，不一会儿，麻奶准会扯巴着儿女尾巴似的跟过来。

因为麻奶长得俊，骑河镇上的二混子们时不时就冲着麻奶流口水，就连来骑河镇驻队的王干部也打过麻奶的歪主意。那回他把麻奶堵在麦场里说要帮她提高觉悟，说着说着，手却提高到了麻奶的脸蛋儿上，还说麻奶是牡丹花插到了狗粪上，结果被麻奶一耳光把王干部那张很秀气的脸抽成了狗粪；王干部的鼻血也把他那四个兜的干部服的前襟，染成了牡丹花。

据说麻奶抽完耳光，还对王干部说了一句流传很广的话："你说他是狗粪，俺就看着他那狗粪脸儿金贵。你那小白脸儿俊，俺咋看着还没狗粪值钱哩？"接着，麻奶又拉上麻爷找到管王干部的更大的干部参了他一本，弄得王干部灰头土脸地背了个"有作风问题"的处分丢了乌纱帽。连能管住支书的王干部都栽了，镇上对麻奶淌口水的二混子们都对麻奶死了心。

日子一天一天地过，转眼麻奶为麻爷生养的三男两女都有了出息，二儿子二丑还在县城当了局长；而且，就连麻爷那张狗粪脸的问题也摆到了儿女们的桌面上——他们要给麻爷镶一口假牙。

提出这个问题的是当了官儿的二丑局长。日子好了，麻奶却没福享了，吐了两个多月酸水的她被医生检查出了胃癌。那回麻爷带着麻奶到县城找儿子二丑给麻奶看病，进了二丑的办公室，正在开会的二丑局长居然说这个又黑又麻、说话跑风的爹是"老家邻居来找我办事儿的"。把爹错认成"老家邻居"的二丑局长当即就像王干部那样挨了麻奶一耳光！不过，这回没抽出鼻血。后来麻奶说儿是娘的连心肉，比起抽王干部的那一耳光，她只用了三分劲儿；再说了，麻奶那时胃癌已经俩月了，手上也没多少力气。

麻奶抽完二丑局长，就对满屋发傻的原本在听儿子讲话的人说："俺不是他的邻居，也不是来找他办事儿的；俺是来让他认下这个把他养成干部的麻脸儿爹的。"说完，就立逼二丑冲麻爷喊爹，如果喊得慢了，麻奶说，她就冲二丑喊爹。二丑慌了，当下就捂着脸给麻奶麻爷跪下了。

过了没多久，二丑局长回到骑河镇，把兄妹几个找到一块儿，商量给麻爷镶牙的事儿，理由是：爹娘这辈子养大我们不容易啊！娘都得胃癌了，想吃好东西也没几天的吃头了；爹的身子骨还硬朗，没牙，有好东西也吃不成。最后二丑局长表态：只要大家没意见，钱由他一个人出，不像给麻奶治胃癌一样，由大家一点儿一点儿地往外挤钱。另几个儿女一致同意，只是没有像平时二丑局长讲完话那样，纷纷鼓掌。

于是，麻爷的满口牙很快就镶上了，还是烤瓷的。这下他连孙子小时候经常吃的怪味豆都能咯嘣咯嘣地嚼，麻奶麻爷自然很高兴。麻奶看着麻爷那张被烤瓷牙撑起来嘴窝子的、好看多了的麻脸一个劲儿地笑。麻奶笑，麻爷边嚼怪味豆也跟着笑。麻爷自从麻奶得了胃癌很少笑了，他这一笑，就很自然地露出了满嘴刚镶上的白牙。

麻奶突然不笑了，脸儿僵在那里死盯着麻爷看。麻爷很纳闷儿，惶惶地问："你咋了?"麻奶说："俺看了一辈子的麻狗，咋不像了呢?"

麻奶最后被抬出骑河镇，在县医院住了两个多月，终于要走了。她枯树枝一样的手一直攥着麻爷的手，护士掰了几回都没掰开。麻奶的眼睛一直盯着麻爷，不肯闭上。麻爷俯下耳朵问她还有啥事儿放不下，早就没力气说话了的麻奶光"嗒嗒"响地磕牙，磕了几回，麻爷突然"哦"了一声，把自己嘴里的上下颌假牙全褪了出来，便立即恢复了老模样。

麻奶原本很黯淡的眼神儿一亮，喉咙里"咕噜咕噜"响，抓着麻爷的枯手一松，走了。

迷 路

迷路是个人，姓阚。

阚姓极少，骑河镇上也只他一家。

迷路生来就瞎。四岁时自己摸出去迷了路，一迷迷了一百多里，一个多月后才被人从外乡带回来，从此，四邻们都喊他“迷路”；渐渐地，都把他的大号“阚金泉”给忘掉了，连户口册上都写着：“阚迷路，男……”

迷路祖上很富，到他出生时，还很富，但到四九年骑河镇上插了红旗时，迷路已讨了三年饭——他爹娘在一场瘟疫中双双送命，偏偏迷路没死。爹娘给他剩的粮食吃完了，迷路就央人拿一切能拿走的东西，谁家让他吃饭谁就可以随便拿，最后只剩一个拿不走的四合院了，他就只好去讨饭。

“土改”时，村长石夯住进了迷路家的四合院，迷路就随他家吃饭。吃了几个月，石夯媳妇喂猪时就拿棍儿敲食槽：“光吃不动的废物，见天儿还得喂你，真是烦死人！”

夜里，石夯被媳妇踹出被窝，蹲在院子里敲烟锅。天亮了，一盒烟丝也敲完了，他就去敲钟——他要召开骑河镇全村的群众大会。

开完群众会，迷路就开始吃百家饭。全村九十六户人家，一家一天，排了号轮着吃，轮到谁家，谁就去迷路住的小草屋里接。

迷路对石夯村长很感恩，对管他吃饭的乡邻们很感恩：“俺瞎叫花子成了五保户，还是新社会好啊！是毛主席共产党给了俺饭吃。”他逢人就说这几句话，是石夯村长教他的。

迷路瞎，但不懒，他能推磨、能看门、能烧火、能看孩子。小时候爹送他去学过拉弦、唱曲儿。每到晚上，他就在骑河镇穿镇而过的凉水河边，给乡邻们唱《白海棠》《秦琼打擂》《八不连》《两头忙》之类的曲子。村上的汉子们除了搂着老婆睡觉再就是听迷路唱曲儿了。每到这时，迷路凹陷的眼窝便会淌出泪来，脸也格外泛彩，摇头晃脑的，很陶醉，很卖力。

日子就这么一天天地在迷路的曲子里淌走。

又轮到石夯村长家了。早上石夯的儿子磨墩去接他，小草屋里竟没人。石夯吃了饭去镇上开会，在一条土沟里看见了他——背了一捆猪草坐那儿发傻。石夯问他，他说：“石夯婶老骂猪，烦喂猪，我想薅点儿猪草替她喂，回……不去了……”

“傻迷路哎，你啥时才会不迷路呢?”石夯边骂边把他扯回了家，扒出点儿剩馍剩饭让他填了肚子；那边，石夯媳妇又在敲着猪食槽骂猪。

石夯村长瞪了媳妇一眼出去忙了，石夯媳妇在灶膛里煨了火种去串门儿，迷路和磨墩在家。磨墩缠着迷路给他唱曲儿，迷路就唱，一个接一个，直唱得磨墩躺在迷路怀里睡了过去。迷路摸索着把他抱回屋里放到床上，也开始犯困。

起大风了。灶膛里煨的火种不知咋的竟燃着了厨房里的柴火。阳春天气，连空气都干得发躁，四合院片刻就成了火海。

乡邻们吵吵嚷嚷、七手八脚地扑灭了大火，在冒着青烟儿的瓦砾堆里找到了迷路和磨墩。

迷路被烧得体无完肤，蜷伏在地上惨不忍睹。胆大的上前把他掀起来——身下竟压着五岁的磨墩！磨墩在迷路身下只是手和脚烧了几个大燎泡，却也没了气息。

烧得焦黑的迷路把磨墩搂得铁死。石夯费了老劲儿才把磨墩掰出来，抱到院子里一冲风，不大一会儿，磨墩竟有了口气儿，胸口鼓了几鼓，呛出几大口黑痰，“嗷”地哭出声来。

石夯流了泪，望着地上的迷路骂：“瞎迷路，死迷路哎……在你自个儿家里也迷？这回迷死了，看你还往哪儿迷！”

迷路出殡时，磨墩披麻戴孝，把他送到了阚家的祖坟上。

骑河镇再也没有姓阚的了。

花　姑

在骑河镇，谁也不知道花姑的辈分有多高，反正连镇上年龄最大的笼头爷，也得喊她姑奶奶。

自小没了爹娘的花姑有个恶嫂嫂。恶嫂嫂说花姑是她养大的，得报答她；直到1951年，哥哥和嫂嫂双双被镇压，花姑才算报答完。

花姑那时已是三十多岁的老姑娘了，因为家庭成分是地主，没人敢娶她，花姑就一辈子没嫁人。

哥哥没有留下子嗣，花姑就一个人度日月。一辈子没嫁人的花姑却有许多绝活，单是那“隔梁飞饼”的功夫，就令许多巧媳妇叹为观止。

花姑住在哥嫂留下的三间老堂屋里。老堂屋空荡荡的，凭空横着两架梁。花姑在堂屋西间的案板上擀好那薄薄的、流着油的千层油饼后，看都不看随手甩出，那油饼便“嗖——”地飞过屋梁，丝毫不差、平平展展地落进正室火炉上的鏊子里；余下的，照例看都不看，用手中那根一尺多长的小擀杖挑着，随手一甩，“嗖嗖嗖”，一个个飞过房梁，准确无误地落在炉火旁的桌子上，一个叠一个，整齐得像拿尺子逼出来的。

花姑说，年轻时嫂嫂吩咐的活儿多，见天儿忙不过来，她就想法子节省时间，无意中练就了这些功夫。

如今，八十多岁的花姑耳不聋、眼不花，“隔梁飞饼”的绝活，依然耍得十分娴熟，那功夫，丝毫不减当年。

笼头爷的孙子四发在城里开饭庄，骑河镇的乡邻们都说，四发口袋里的钱，就像秋天的落叶那样不值“钱”。

忽有一日，四发开着锃亮的“大奔”来看花姑。四发弟兄多，亏了与他是隔墙邻居的花姑从小把他们一个个带大，他才有今天。四发说他到死也忘不了小时候睡在花姑怀里的那种幸福感觉，如今有了俩钱儿，他要把花姑接到城里好好享几天福。

一辈子心如枯井的花姑被四发一席话说得眼里淌了泪。

临上车，四发专门把花姑那根一尺多长的擀面杖和铁鏊子捎上了。

花姑在四发那让她眼花缭乱的豪宅里住了一个多月后，要求回家。因为她被两个保姆伺候着，很不开心，老对四发唠叨：“这不成了让人骂的地主婆了？”

实在闲不住的花姑就帮那两个小保姆下厨，把她在家时熟稔于心的各种各样的乡村小菜儿挨个儿做了一遍，直吃得四发两口子和那两个小保姆赞不绝口。

看到他们高兴，花姑也开心；开心之余，花姑说：“可惜你这屋里没梁，要有屋梁我就给你演练演练那‘隔梁飞饼’。”

四发乘着花姑高兴就说：“姑老奶奶，明天我给你找地方演练吧？”

花姑眉开眼笑：“中，中！”

第二天，两个小保姆早早地起了床，精心地把花姑梳洗打扮了一番：月白色的大襟布衫，皂黑色的裤子，小脚上蹬了一双她自己做的千层底布鞋，梳理得一丝不苟的满头银发，在脑后盘了个小髻。慈眉善目的花姑越发显得干净利落、光彩照人了。走在街上，任谁见了，保准都会忍不住冲她喊老奶奶。

吃过早饭，花姑被四发那辆“大奔”接到了一个人山人海的地方。那地方早就准备好了花姑那一尺多长的擀面杖、铁鏊子等表演“隔梁飞饼”的东西，只不过那“梁”是凌空三米架起来的一根圆木头。

花姑一瞧这阵势，不敢下车了。四发怂恿说：“姑老奶奶，那些人都是我的朋友，大老远跑来看您的绝活呢！您老不下车，我的脸儿往哪儿搁?”

花姑无奈，只好从车上迈下了那双小脚，刚一落地，围观的人群突然爆出了一阵掌声，吓得花姑直哆嗦。

站在案板前那堆儿早已和好的面团子前，花姑定了定心神，嘴里唠叨:“不能给四发丢脸呐!”

接下去，那“隔梁飞饼”的绝活让围观的人目瞪口呆之余疯了似的鼓掌……

翌日，四发的“花奶奶乡村食屋”隆重开业！伺候花姑的两个小保姆，一个成了前台经理，一个成了后厨经理，把从花姑那儿学的烹调技术施展得淋漓尽致。菜单上一道道菜名大都冠以“花奶奶”之名：“花奶奶隔梁飞饼”“花奶奶乡村蒸菜”“花奶奶大锅菜”“花奶奶”等等，让吃惯了大荤大油的城里人胃口大开，再加上花奶奶的表演一度轰动了这座城市，因此，“花奶奶乡村食屋”一时间门庭若市，不提前两天订座就只能望“屋”兴叹。

四发日进斗金，高兴得夜里笑醒了几回。

四发越发对花姑孝顺了，像供神一样供着她。然而，自打花姑知道了“花奶奶乡村食屋”的事儿后，却整天茶饭不思，翻来覆去地念叨:“都是四发的朋友，都是四发的乡里乡亲，都是些不值钱的东西，咋能给人家要钱呢?”四发再邀她去表演绝活，任凭嘴皮子磨破，她死活不动身，并立逼四发送她回乡下。

回到乡下的花姑，不到一个月就郁郁而终。笼头爷在她的床前发现，那根一尺多长的擀面杖，被劈成了几瓣儿，铁鏊子也找不到了。

路　灯

安孩是吃骑河镇的百家饭长大的。

安孩出息了，出去三年就出息了。

安孩这次回镇上，不但坐了锃亮的轿车，还带了一个穿裙子的漂亮姑娘——三九天穿裙子！

安孩请了三天的客。摸黑送村主任石夯回家的路上，石夯东倒西歪的，踩了一脚狗屎，摔了个仰巴叉。

安孩对龇牙咧嘴的村主任石夯说：从小蒙受了骑河镇各位父老德邻的养育之恩，无以为报，如今手里厚实了，想为乡亲们办点事。

石夯揉着腚说：中！中啊！你致富不忘乡亲，中！想干啥说吧。

安孩说：装路灯！像城里头大街上那种。

石夯说：中！

村主任石夯说中，安孩就拿钱。一个多月后，骑河镇上大街小胡同，旮旮旯旯就明锵锵的。小孩儿在大街上又蹦又唱，连狗都一溜响屁地在路灯下乱窜。夜里出门不再有人打手电，也不再有人摔仰巴叉了。

镇上的人都说，安孩这小子中，没忘本！

月底，上头来人收电费，光路灯就耗了300多，石夯犯难了。村委会穷，一年3000多，拿不出。

开会讨论，决定按人头摊。村会计算了算，每人合2毛3。

下去收钱，却比做计划生育禁止生孩儿的工作还难。

“烂嘴叉”凤妮大骂：安孩这孙！自己捞好名声，让俺交电费，不中！

“空半截”朱有嘟噜：俺家十几口，全村就数俺人多，按人摊，没门儿！

“瞎老迷”张圈说得更绝：我白天还轻易不出门儿，黑了更别说，装不装路灯，关我屁事？

……

村主任石夯挠头了，骂了三天大街还是没人交，还有人到镇上告他乱摊派。石夯没法了，自己垫了头个月的300多块，被老婆骂了个狗血喷头后，拉了路灯的电闸。

骑河镇的夜晚还是老样子。

那夜，风急，天阴。石夯早上起来正揉眼屎，“空半截”朱有就哭丧着脸找他汇报：刚买的新“四轮”被哪个混蛋偷走了。石夯还没回过来神儿，“烂嘴叉”凤妮也哭天抢地地蹿来了，她给闺女办嫁妆，新买的自行车夜里没影了。石夯瞅了一眼自己家昨晚敞了一夜的院门，差点儿跳起来，赶紧叫老婆查看自己家的东西，还好，一样没少。

镇上像被贼瞄上了，接二连三地丢东西，连“瞎老迷”张圈用了大半辈子的铜拐棍儿也被孙儿们顺手牵羊了。

村主任石夯憋在屋里吸了半天烟，摘下墙上挂的“治安模范村”锦旗奔了镇政府。

派出所来了一位警察，住在石夯家，夜里领着几位小伙子巡逻。

那个警察毛病大，一天得喝三回酒，吸烟必须是“希尔顿”。一个月下来，招待费加小伙子们的辛苦费上千块，石夯还是老办法：按人头摊下去。这次没人再放屁，交得很顺溜。

那个警察喝多了酒，夜里出去撒尿，刚离开人堆一会儿就被砸了黑砖，捂着脑袋躺到镇上的医院里歇工伤。

村主任石夯提了礼去瞧警察，路上遇上邮递员，交给他一封信，是安孩的。信上说他犯了法，被下了大牢，请石夯去城里的看守所，他有话要说。

安孩没家属，村主任石夯只好骂骂咧咧地进了城。

安孩被剃了光头，哭着对石夯说：镇上丢的东西他都交到政府了，让石夯去认领。

石夯骂：你说说你，干的啥名堂？

安孩说：我该死！对不住咱骑河镇三千多位父老乡亲的养育之恩，下了大牢，给您老脸上抹黑了。

安孩还说：给村里装路灯，用的是不义之财；日后出来了，一定好好干，用真本事挣点儿干净钱，再给村里办点事儿。

临走，安孩又说：村里的路灯还是亮着吧。夜里没灯，招贼！

村主任石夯没再骂他，点了点头。

没有彩虹

等爷孙俩从堤北爬到半腰时，冷不丁脑袋上被什么东西砸了一下，接着，四周噼里啪啦，一阵乱响。

“六月天下冰蛋儿，秋苗刚起身哩!”老村长石夯咕哝一句，拽着孙子就一瘸一拐地往堤顶奔。又一阵黄风刮过去，树叶、飞沙立即就封住了双眼，雨头也随着大风跟过来了。

堤顶有间小房子，是过去护堤员住的，如今不知咋的没人管了，连门窗都没了踪影。石夯跌了一跤，那条伤腿疼得厉害，走不成路了，只好躲进那间没门没窗的防汛屋里避雨。

石夯在骑河镇当了十多年村长，也没弄明白村长是干啥的。他除了种好自家的地，就一天到晚在黄河大堤上转，转来转去转出个“防汛工作示范村”，这是他唯一的政绩。前年骑河镇实行“年轻化”时，他主动交了印。村长不当了，习惯没有改，照旧在堤上转；不过，再说话没人听了，要不，这小屋也不会变成这样。

雨越来越猛，天地间白茫茫一片，没边没沿的。石夯盯着门外的风雨发傻，盯了一阵，突然对孙子水尖说：“尖儿，爷就是在这个屋子里当上村长的。”

“嗯?”

“那回，雨比这还大，连下了几天几夜。”

“哪回？”

“爷当村长那回。八三年。”

水尖来劲了。八三年是啥模样？那时还没有他，蒙顶的事儿简直就像老师新发的课本那样新鲜。他扳着爷爷的腿问：“爷……”

“别动我这条腿，疼！”

“爷，你这条腿咋瘸的？”

“就为这堤。”

“就为……这堤？”

“嘿嘿……那回县长都来了，就在这个屋里，握着我的手说：‘石夯同志，向你学习！向你致敬！’县长都向我学习哩，小子！”石夯摸出一支烟，美滋滋地叼在嘴上，火柴却湿得划不着，只好那么干叼着。

水尖也跟着爷爷自豪，凑过去问：“爷，县长奖了你多少钱？”

“钱？”

“嗯。俺班长他舅，下乡检查撞了车，也瘸了腿，就奖了很多钱。听说是到外国接的骨头，还上了电视哩。”

“浑小子，你懂个屁！爷那是为了抢险，这事儿牵连着千家万户呢！这屁股下的大堤一开口，连北京城都保不住哩——这是县长说的。”

“唔——怪不得县长让你当村长。村长能不能批条子？”

“批条子？”

“是呀！俺班长他舅批了个条子，校长的闺女就到县城上班了。”

“兔崽子！爷就知道你腚眼下的大堤！批条子能让大堤管住黄河？!”石夯不再理他，把那划不着的火柴梗掐成两截扔在地上，倚着墙、皱着眉，盯屋外的雨。

雨还在下，没有收敛的意思，四周一片响。水尖耐不住寂寞：“爷，那回县长是咋向你学习的？”

“浑球！人家是县长！那么大的官儿，一肚子学问，能跟我学习跳到水里让堤上的树砸断腿啊？”

“那你到底是咋成了村长的?”

“俺也不知道，县长没走我就疼死过去了。等醒了，嘿嘿……就成村长了。听说是县长亲自给镇长说的。俺醒来的时候，天就晴了。你小子不知道，多好的彩虹啊！那回的彩虹是俺这辈子看见的最漂亮的。俺让你爹你娘抬着我一个劲儿看到彩虹收了才回家。那是天上的仙女织的彩绸呀！尖儿，你想看不?俺估摸着这急雨一过，八成就该有彩虹了。”

“不想看，啥仙女织的绸子，还不如电视上的雷霆王好看呢。”

“唔——那玩意儿小孩家才看呢，我就看天气预报。”石夯不想跟孙子扯了。他看一阵地上的蚂蚁，看一阵门外的雨。雨仍在一个劲儿地往地上倒，撞到地上的声音和堤上往下淌的声音挤满了耳朵。石夯听了一阵，坐不住了，费了半天劲儿才按着那条残腿站起来，揉着膝盖儿对孙子说:“尖儿，待在这儿别动！爷去看看闸口。”

那间小屋不远处有一个提灌站，平时没有人管守。闸门前的引水河一直通到黄河的主流里。水尖在小屋里等了半天，雨都快停了也没见爷爷回来。等他找到石夯时，石夯已经不能领着孙子去看彩虹了——不知道是咋死的，漂在那闸口的虹吸泵管旁。

水尖吓坏了，喊了几声，爷爷没动静，就哭着叫着，连滚带爬地往镇上跑，连鞋都让泥沾丢了。

等石夯的儿子和乡邻们把老村长石夯从水里抬上来的时候，雨早就住了，天仍阴沉沉的，没有老村长石夯说的那好看的彩虹……

洪水里有一条狗

挑着两箩筐猪娃刚刚跑进山洞，男人就很清晰地听到了一种声音——那是一种排山倒海、令人心惊胆战的声音。

洪水来了……

几天几夜的大暴雨终于使山洪暴发了。冲出樊篱的洪流如挣脱牢笼的饿虎，抖落了一地的威风。树木、庄稼、房屋以及一切未来得及撤离的、鲜活在大地上的生命，都在洪水的肆虐下发抖、呻吟，最终无奈地陷入毁灭……

男人家的母猪刚刚下了一窝猪娃，他在暴雨中先把母猪赶到山洞里让女人看着，然后才去担那一窝猪娃——男人的双腿比洪水跑得快，等他挑着担子飞跑进山洞里与女人会合时，洪峰已从山脚下一泻而过，翻卷着泡沫、枯木、草叶以及很多生灵饱胀的尸体一泻而过。

男人和女人望着连天的暴雨和莽莽的洪水发呆。男人和女人的眼里都淌出了泪水，那是劫后余生的激动的泪水……

“狗！那是狗——咱的黑皮！”女人突然尖叫了一声，手指向山洞外山脚下的水面上。男人顺着方向，透过密密匝匝的雨帘张望——那个沉沉浮浮的黑点的确是他们家的黑皮！

男人懊悔地拍了一下脑袋：“咋就忘了它呢？黑皮是救过咱的命呢！”

黑皮是女人上山采蘑菇时捡的一条丧家狗，那时它还很小，蜷曲在地上哀哀地望女人。女人的心软了，把它抱了起来——它有病，在女人怀里哆哆嗦嗦的……

男人和女人尽管很穷，但还是把黑皮养大了。长大了的黑皮皮光毛滑、威风矫健。男人和女人没有孩子，他们把黑皮当成了自己的孩子。

那晚，黑皮的狂吠警醒了男人。男人透过窗户在黑夜里发现了一双双跳跃的绿光——一群恶狼在与黑皮搏斗。直到天亮，男人与黑皮才把恶狼赶走。男人发现他们睡觉的床铺靠着的那面墙壁已经快让那群恶狼扒透了，真险！圈里的一窝小猪也被狼叼得只剩下了一头。遍体鳞伤的黑皮望望猪圈里的斑斑血迹再望望男人，伏在地上呜呜地哀鸣，检讨自己没把这个家看好。男人很感激地拍了拍它的脑袋，伏在地上的黑皮却没能站起来，它的一条后腿被狼咬断了……

水面上的那个黑点儿越来越近了。男人突然发现黑皮的嘴里叼着什么东西。

“是猪娃，是一头小猪娃。”女人眼尖。

黑皮很艰难地在洪水里凫着，尽管风浪很大，但它始终极力高昂着叼着猪娃的脑袋……

男人焦急地望了黑皮一会儿，转过身去数了数刚担过来的箩筐里的猪娃——少了一头！怎么会少了一头呢？

这是那回恶狼叼走后仅剩的一头小母猪下的仔呀！黑皮一直尽职尽责、昼夜不离地守护着它，它才很安全地长大了，又有了这一窝猪娃。男人和女人还指望它们长大后换几串铜钱呢，怎么就丢掉了一头呢……

洪水里的黑皮因为瘸了一条后腿十分困难地游着，它已经靠近了男人和女人，叼着的小猪娃哼哼叽叽的哀叫声已清晰可闻。

雨越下越大了。一股更大的浪潮赶过来，把快要靠岸的黑皮推远了。男人和女人急得头上冒火，却无计可施，他们都不会游水……

黑皮又艰难地靠近岸边了，男人一头冲进了暴雨，冲下了山坡。他站在一块突兀的石头上极力向黑皮探过身子，伸出双手，但尽管这样，他与黑皮之间依然有一段距离。

黑皮已经精疲力竭了。它绝望地看着主人，挣扎着不让叼着猪娃的头颅沉没水面……

“近点儿，黑皮！好黑皮，你再近点儿！我们就团聚了——我……不会凫水啊——”男人呼唤着黑皮，无奈地抱怨着自己的无能……

黑皮叼着猪娃的头颅挣扎着在慢慢下沉……

“黑皮，黑皮！丢了猪娃吧！你丢了吧——”男人舍不得黑皮，他抹着脸上的雨水追着顺流而下的黑皮哭喊着……

暴雨越来越大，洪水越流越急。顺流而下的黑皮突然腾起了身子，跃出了水面，闪电般地把头一甩，叼着的猪娃脱口而出，在雨中划了个弧线，落在了男人脚下的一团草丛里，安然无恙。

“呜汪……”黑皮最后望了男人一眼，哀鸣了一声，慢慢地沉入了水底……

“黑皮啊——”男人一声号啕，抱着瑟瑟发抖的猪娃跪在了瓢泼般的大雨里……

俺姐

俺从小就被俺姐管着，管得俺有时恨不得扒她一层皮！

俺在外头跟谁打架了，俺还没回到家里，爹娘就会知道。俺就要结结实实地挨顿揍。

俺在外头偷瓜摸枣了，俺还没回到家里，爹娘也会知道。俺也要结结实实地挨顿揍。

尤其是俺考试不及格了，俺姐肯定会详详细细、三番五次地告俺的状，非得看着爹的鞋底或者柳条啥的落到了俺的屁股上，她才肯罢休。俺边杀猪样地号，她还边在一旁不住地给俺爹煽风点火："打！使劲儿打！看他以后还敢不敢了。哼！"

俺姐简直就是电影里的女特务，她甚至就像长了千里眼、顺风耳，俺哪怕是上课时打个盹儿，她居然也能马上知道，给俺爹俺娘说俺上课睡觉，心不在学习上，长大了，肯定是个瞌睡虫，成不了大气候。俺根本逃不出她的手掌心。

俺姐不但爱打小报告，脾气也横。她不但动不动就揪着俺的耳朵厉害俺，打起架来，她连俺班上的橡皮都不怕。橡皮那小子黑塔一样高，歪点子多不说，打起架来还死狠。他经常嗷嗷的一句话是，谁要惹着他了，就要让谁跟橡皮擦字一样，擦不掉你，也得让你鼻子眼睛一片糊。

有一回他欺负俺班上的女生莲慧，领着俺还有其他几个坏小子，堵着她的路，让她学驴叫。其实就因为橡皮上课时在后头踢她的凳子，踢得莲慧课都听不成了，才找老师告了状。老师把橡皮猛批了一顿后，橡皮就把气儿撒到了莲慧身上。

那个时候，骑河镇上刚分了地，生产队的牲口也分了，唯一的一头小毛驴被莲慧爹抓阄抓走了。所以，橡皮就命令莲慧学驴叫，说她天天跟着那头驴学习驴叫，肯定叫唤得比真驴好听；他还吓唬莲慧说，如果不学，或者学得不像，夜里就往她家扔砖头。俺和那帮橡皮的小狗腿，也跟着起哄："对！扔砖头！砸你家的驴！"

"光捏软的，算什么出息？有本事冲俺来！"我们起哄起得正带劲儿，冷不防俺姐就横在了莲慧和橡皮中间，还卡着腰，瞪着眼睛。

一看俺姐来了，俺就想溜。俺姐和橡皮，俺都得罪不起呀。谁知道俺姐一把搂住俺说："中啊，你真出息了，跟橡皮学会霸道人了。别走，等会儿跟俺一块儿回家！"

橡皮正很过瘾地看莲慧哭哭啼啼的样子，不料想半路杀出个程咬金，看看是俺姐，就横了一下膀子，斜着眼儿说："小荷，平时俺可是跟你井水不犯河水呀，哼哼……今儿个，你这可是多管闲事儿！"

"这闲事儿姑奶奶今儿管定了！你说，是来文的，还是来武的？"俺姐仍卡着腰，看样子一点儿都不怕橡皮。

"文……的咋说？武的咋说？"橡皮儿说话有点儿不利索，俺却为俺姐捏了一把汗。

"咱今儿个别那么啰唆，文的——"俺姐说着，"忽"地从书包里拽出她平时装水喝的玻璃酒瓶，"啪"地在一块砖头上摔了个粉身碎骨，"文的，咱把这玻璃碴再砸砸，摊在路上，咱俩把鞋脱了，从上边走仨来回，谁不敢谁算孬种！"

"刺——那……武的呢？"橡皮鼻子里"哼"了一声说。

"武的——你不是打架很恶吗？咱俩一对一。俺一个闺女家，想着你这个打遍全校都不怕的赖杆子不会尿了吧？你说咋打都中，摞架、打跑、还是对捶？俺比你高一年级，俺不欺负你，由你挑吧……”俺姐边说边卷袖子。

看来，俺姐今天肯定要吃苦头。那橡皮，连骑河镇人人见了绕着走、住过三年劳改队的二横子都不放到眼里，敢跟他抡着板儿砖一替一下拍脑瓜，最后拍得血乎流拉地一身红都不孬，直到晕过去还在骂二横子是“劳改犯”。今儿个，他会孬给俺姐？

俺于是死瞪着橡皮，暗地里捡了块儿砖头拎在手里。只要他俩一动手，俺就立即帮着俺姐揍橡皮。都到这时候了，管他橡皮回头咋收拾俺呢。

莲慧却还在下软蛋，死拽着俺姐哭：“别，小荷姐，你别跟他打架啊。俺学，俺学不中吗……”

还没等俺姐说话，橡皮却把脑袋一低说：“好好好，好！俺服了，俺服了中不中？小荷妞，算你厉害！走！”一挥手，带着那帮坏小子开腿了。

俺手里还握着那块儿半截砖发愣时，俺姐过来问俺：“哎，俺刚才就瞧见你捡了块儿砖头。俺要真跟橡皮打起架来，你打算砸谁？”

“砸谁？砸谁还不都一样，反正今儿个还得挨爹的鞋底。哼！”俺扔了砖头，把书包往肩上一撂，头都不扭地回家了。

也怪了，那回俺姐头一次没告俺的状，还待俺特别好了几天，居然把家里留着的花生种子偷了一把给俺吃，她却没舍得吃一粒。看俺迷迷瞪瞪的样子，她劈头给了俺一巴掌，说：“咱可说好了，你可不许在咱爹咱娘那儿告俺的状。这花生籽儿俺可没吃一个……”还说：“俺就知道，关键时候还得指望俺弟！”

俺姐的学习比俺好，但她考上高中没毕业，就帮俺爹俺娘种地了，还想着法子捡知了皮、摘槐米，赚了钱寄给上了大学的俺。俺姐在信里说：“关键时候，家里还得指望着俺弟。你长大了，不用姐再当‘特务’了……”

俺看着这些话的时候，咋也想不起来俺当时恨俺姐的原因了，鼻子还一酸一酸的。

俺大学毕业那年，俺姐居然和她的死对头橡皮结婚了。橡皮那个孬杆子，那次狭路相逢后，整个骑河镇三千多号人，居然谁都不服，就服俺姐。俩人结婚后，还被俺姐管得不但种地是好手，做生意还赚了不少钱，把小日子过得让全镇人羡慕。

那回俺从城里回家，橡皮居然在俺面前告俺姐的状，说俺姐比当年盯俺盯得都紧。橡皮一脸委屈地说，当年，兄弟你是被一对爹娘数落，俺现在是俩爹俩娘不给好果子吃。俺委屈大啦！

定格的母亲

榆钱回到家里时，榆钱娘一迎就迎到了骑河镇村口的那棵老榆树下。

榆钱就是在那棵老榆树下生下来的。那时他娘正在老榆树下伸着一杆带钩的棍子钩榆钱。家里娃多，粮食不够吃。

榆钱娘刚一伸胳膊、一纵身子，榆钱就“扑嗒”一声掉在了她的裤裆里，于是榆钱娘就给他取名叫“榆钱”。

榆钱这次回家，带来了一个照相机，是数码的，也是“傻瓜”的，对准人，一摁就成。

榆钱花了差不多一个月的工钱买了这个“数码傻瓜”，其实就有一个念想——他娘快八十了，还没照过一张相。前些年上头要求办理身份证，镇上照相馆的那个戴着眼镜的“四眼儿”来上门服务时，榆钱娘都打扮好了，却在那个炮筒一样的照相机前晕倒了。“四眼儿”说，这是“晕镜头”，再照，她还会晕，于是就作罢了。到现在榆钱娘也没有身份证。她自个儿为这事儿悔青了肠子，总说自个儿没出息，丢了儿孙们的人不说，到眼下还是个“黑人”。

这话说的次数多了，榆钱就觉得无论如何也要给娘照张相，给娘办张身份证。于是，榆钱这回出去打工返家时，就啥也没买，买了这个一摁就成的“数码傻瓜”。

听说榆钱买了一个照相机，榆钱的兄弟姐妹们都来了，还带着孩娃。说是要团团圆圆地照张全家福，然后放大，加洗几张，每家做个镂花的镜框子，挂到堂屋正当门的后墙上。

榆钱爹是在榆钱刚生下来那年就走了的。他在生产队里锄地，不小心锄头挂住了脚后跟，划了个小口子，血没流多少，却要了命。医生说，活该他倒霉，破伤风，没救。

从那以后，榆钱娘就绝对不准她的几个儿女再赤脚，即使是在三伏天，热得鞋窝里和了泥，也不准谁光脚丫子。

有一回，榆钱刚褪了鞋，要跳到从骑河镇中流过的凉水河里去逮鱼，结果被榆钱娘看见了，揪回家就让他在毒日头下跪了两顿饭的工夫，还不准吃饭。从那以后，榆钱再褪鞋时，就要四下看看，有没有他娘的影子。

娘一个人拉扯大他们兄弟姐妹五个不容易，所以榆钱就觉得如果娘这辈子连张相片都没有，做儿女的就没脸再在街上走了……

高高兴兴地吃了一顿团圆饭之后，榆钱要给家里人照相了。孩娃们兴致勃勃地在院子里摆凳子，榆钱的两个姐姐在帮娘梳头，男人们在讨论做相框时选什么木料；而榆钱，则一遍又一遍地检查、熟悉那个“数码傻瓜”，生怕有什么闪失。其实，买这“傻瓜”时，榆钱就在城里的百货大楼里一遍一遍地问了那个卖“傻瓜”的姑娘。无论怎么问，那姑娘总是很不耐烦地说，一摁就成，不是说了吗？一摁就成！

榆钱不放心，在镇上下车时，还专门找到镇上照相馆里的“四眼儿”问。“四眼儿”比那姑娘有耐性，不厌其烦地给他批讲了半天，末了，也说一摁就成。

看看他们都准备好了，榆钱说，照吧，得先给咱娘照。

于是，一家人就开始商量选个啥背景，让娘拿个啥架势照出来好看。

大姐说，就让咱娘站在咱这堂屋门口照吧，把堂屋也照上。这是咱娘一块坯一块坯地打出来烧成砖盖的呃。

二姐说，咋能叫咱娘站着呢？娘都站了一辈子了，你啥时候见娘坐着过？娘心里装着活儿，坐不住哩。如今头一回照相，也让娘站着？

榆钱说，让娘坐在屋前这棵石榴树下吧。听说这棵石榴树是娘从咱姥姥家带过来的，有纪念意义哩；再说了，有石榴树趁着，背景也好看。

一直没说话的大哥说，咱都别争了，问问娘吧。她想咋照就咋照吧。镇上的“四眼儿”不是说娘晕镜头吗？我还在担心着哩。

一听这话，一家人都不争了，就去屋里问榆钱娘。

榆钱娘听了半天，弄清楚了儿女们的意思，就说，俺一辈子闲不住，榆钱过了八月十五还要走，俺得赶紧给他多做几双鞋呃。镇上“四眼儿”说俺晕镜头，俺怕再晕。俺就纳着榆钱的鞋底，恍走神儿，你再照吧，省得再晕了，给你们丢人。

榆钱看了看自己脚上娘做的那双千层底的新布鞋，没有说话，就举起了手里的“傻瓜”。

那“傻瓜”还真的是“一摁就成”，于是，榆钱娘就有了平生第一张照片。很让榆钱和镇上的“四眼儿”纳闷儿的是，在照全家福时，榆钱娘手里纳着鞋底，笑得满脸开花，也没有再晕镜头……

但是“四眼儿”说，榆钱照的相片办身份证都不能用，因为那不是“标准”的；办身份证还得他亲自去给榆钱娘拍“标准照”。

榆钱过了八月十五临走时，榆钱娘又把他送到了骑河镇村口那棵老榆树下，对榆钱说，榆钱哎，要是还想给娘多照几张相，就别忘了穿你包袱里娘做的鞋，别伤了脚……

二牛奶听蛙

五一节的长假，我回了骑河镇老家，又见到了邻居二牛奶。

晚上，我和来我们家看电视的二牛奶聊天时，听到了村中的凉水河里此起彼伏的一阵阵蛙声，二牛奶就不说话了，她静静地坐着，眯着已经凹陷的双眼，聆听着那一阵阵蛙鸣。那神情，专注得似乎她已经游离于这个世界之外了……

我知道，二牛奶经常这样倾听蛙鸣。

我还知道，二牛奶已经听了几十年的蛙鸣了。她从一个少妇，听着这骑河镇穿镇而过的凉水河里的蛙声，走到了暮年……

很小的时候，我就听老人们讲，二牛奶和二牛爷刚结婚的时候，二牛奶还不知道蹦蹦跳跳的这个小生灵的鸣叫声这么好听。二牛爷很疼二牛奶。二牛奶怀上儿子后，二牛爷就更疼二牛奶了。那个时候家里穷，二牛爷找不来好东西给二牛奶增加营养，他就到凉水河里捉青蛙，然后再给二牛奶炒着吃或者炖着吃。只要二牛奶馋了，不管白天黑夜，二牛爷都会立即拎上一条破布袋，到凉水河里去捉青蛙。最后那天晚上，二牛爷刚抓青蛙回来，门就被一伙老总踢开了……

二牛奶最终也没能再吃到二牛爷做的青蛙肉，因为那伙老总把二牛爷带走了。临离开家时，二牛爷说：等明年开春，青蛙再叫起来的时候，我就回来了。我还给你炖青蛙肉吃……

说完这些话，二牛爷的脚步声消失在那个夏夜的阵阵蛙声中。二牛奶哭了好几天，把二牛爷最后捉来的那些青蛙都放生了，放到了二牛爷经常捉青蛙的凉水河里。从那以后，她再也没有吃过青蛙肉，而且看见别的孩子捉青蛙时，总要追着他们替那些被抓的青蛙求情，直到他们放掉为止。

二牛爷被那帮老总带走后不久，二牛奶就为二牛爷生下了一个大胖小子。来年春天，青蛙睡了长长的一个冬天，终于又鸣叫起来，然而，二牛爷却没有踏着蛙声回到二牛奶母子身边，而且，至今也没有回来。但从那以后，再有青蛙鸣叫时，二牛奶就会抱着儿子静静地去凉水河边，望着河水，安静地聆听那一阵阵蛙鸣……

“你二牛爷临走时说了，青蛙再叫时，他就回来了。”小时候，我每次问她为什么爱听蛙鸣时，二牛奶总是这么说。直到今天我才明白，支撑着二牛奶把儿子含辛茹苦地抚养成人、成家立业并一天天地熬过这几十年漫长、孤独却充满期盼的日子的，就是这一声声千年不变的蛙鸣啊！

她年年倾听着这遥远或者清晰的蛙鸣，是一直怀着一种坚定的希望啊！总有一天，丈夫的脚步声会出现在这一片蛙声里。因为，丈夫被抓走时说的那句话，足以构成她一生的憧憬。就这样年复一年，她在骑河镇，听着蛙鸣，一直到今天……

二牛奶的儿子曾经想尽一切办法寻找过那他从未见过面的父亲，好让二牛爷的脚步声和在一片蛙声里，真的出现在二牛奶面前。但几十年了，凉水河里的蛙声依旧，二牛奶的希望仍然只是希望……

眼前的二牛奶八十多岁了，她的眼睛早就花了，但她的耳朵依然聪如当初；再遥远的蛙声响起，她也会立刻定在那里，静静地倾听。

灯光把电视机前的二牛奶映成了一幅剪影。我站在院子里，望着她的满头白发和专注的神情，觉得她就是一座聆听希望的雕像。

夜深了。凉水河里，依然蛙声一片……

找县长讨债

屋角搭屋角地做了几辈子邻居，谁也不知道县长竟欠了根爷一笔债，而且白纸黑字写得明明白白，还盖着县政府的大印、签着县长的大名。

这事儿，是镇政府派下来的工作组进驻骑河镇之后，根爷才透露出去的。工作组收的“办学集资费”“修路集资费”，还有一些都有来头的什么“费”，根爷在电视上看了，上头说属于乱摊派，根爷于是很生气。

工作组对于那些拿不出现钱的乡邻“采取措施”，灌粮食、扣车子、牵猪羊，甚至抓人、锯树、扒房子地搞“兑现”，根爷于是更生气。

根爷拄着拐杖，捋着白胡子找工作组的人理论，一个小青年瞪着眼睛吼：“老家伙，活腻歪啦？要不是看你有把糟胡子，早一块儿把你捆走啦。”根爷的脸便由黄变红、由红变紫、由紫变黑了。他捣了捣拐杖，骂了声：“兔羔子！”那小青年居然一把把根爷搡到了地上，还了一句：“老兔羔子，你真活腻歪啦！”便扬长而去。

回了家的根爷黑着脸，吐了几口老痰，痰里竟带着血！根爷傻坐了一阵，扭头去了骑河镇上的汽车站，去了县城找到了县政府——他要找县长。

把门的小青年穿着制服、戴着大盖帽。大盖帽小青年问他找县长干啥，根爷说：“县长在俺家住过一个多月，俺见他一面儿都不中么？”大盖帽小青年歪着头打量了根爷半天，又打了个电话，终于放他进了县政府。

县长很年轻，还不到五十岁。县长给根爷让了座、倒了水。县长问根爷找他有啥事儿，根爷说：“你是县长么?”县长说：“是呀，我是县长。”根爷的脸色变了：“那好！俺找的就是县长。县长欠俺十石黄豆、六石谷子、500 块现大洋，还有两条人命！俺是来讨债的!”

县长冷不丁听了这话，张大了嘴巴半天合不上。县长忙放下手里正看的文件，从座位上跳起来：“老人家，别着急，慢慢说……”

“县政府的大印、县长打的欠条，还算不算数?”根爷边问边往怀里摸，摸了半天，摸出一个蓝底白花的土布包，递给了县长。县长接过来，小心翼翼地打开，里边是一层红布包；打开红布包，里边是一层油纸；打开油纸，里边是一张巴掌大的毛边纸条。纸条上有许多虫子蛀的眼儿，黄蜡蜡的，还有一片褐红褐红的污渍——“那是俺娘的血呀!”根爷指着那片红对县长说。

“抗日县政府……孟繁生……”县长双手捧着那张纸条，念出了声音。县长知道：孟繁生是皮定均皮司令麾下的一员骁将，本县的第一任县长，“文革”时死在了“造反派”手里。

“老大爷……”县长捧纸条的手有点儿发抖。

“‘兑现’吧！黄豆、谷子、现大洋俺都不要啦，俺就要俺爹俺娘那两条人命!”根爷那沟壑纵横的脸上，肌肉颤抖得很厉害。

“老人家，您是骑河镇的吧。政府找了您几十年了……”县长极小心地把那张纸条重新包好，递到根爷面前：“您的家人为革命事业做出了极大贡献——那是你们的全部家当啊！您的亲人也因为帮助咱的政府被日本鬼子杀害了……这份情义，政府欠了您半个多世纪啦……”县长的眼圈发红了，泪水在眼眶里打转。

“别废那么多话，要还是咱自己的政府，‘兑现’吧！俺是平头百姓，没本事‘采取措施’，只好来找县长——谁欠俺的俺找谁!”根爷的脸色还是那么黑。

县长抹把泪，抄起了桌上的电话。县长明白了根爷找他是来干啥的……

三天后根爷才回到骑河镇，是坐县长的小车回来的。县长陪根爷回来时，上头的工作组已经撤走了，因为镇长被免职了。

然而，回到骑河镇的根爷却病了，而且一病不起，硬撑了几天，竟过世了。临闭眼时，他抓着前来探望他的县长的手，喘了一阵粗气，凹陷的两腮鼓了几鼓，才费尽最后的力气说："俺不该……去找您，俺……对不住俺爹俺娘……"

红 枕

一

大帚见到四叶时，她正坐在自家的豆田里做针线活。他只唤了声“嫂子”，就在衣襟上搓着手，无话可说了。他把宝柱的那个行李递了过去。

“宝柱他……咋没……他……那一个呢？俺那个红枕头呢?!”四叶翻着那个包袱，脸色渐渐由红润而苍白了，最后，晕倒在了田埂上。

宝柱死在了和大帚一同打工的石矿上。那块巨石滚下来时，宝柱把从穿开裆裤时就很要好的大帚推开了，巨石便与他一起滚下了山崖。

宝柱离家的时候，四叶亲手往他的行李里塞了一只红枕，那上头，绣着一对交颈戏水的鸳鸯鸟，但最终却被宝柱枕着，枕到了火葬场里。

四叶在大帚的怀里醒来的时候，大帚才发现，四叶坐在豆田埂上做着的针线活，仍是一只红枕头。上面的鸳鸯鸟有一只已经绣好了。两片荷叶下，这只鸳鸯鸟浮在水纹上，回着头，似乎在巴望着与另一只快快团聚。

二

回到骑河镇之后，大帚睡觉一直不敢关灯，一关灯就能看见宝柱，“俺……俺是回不到家了……兄弟，四叶和螺螺……还有……俺爹跟俺娘……就……就拜托兄弟……多照管了……”

这话是宝柱被他们从山崖下拖上来后，临咽气前说的。

宝柱是在大帚点了三下头之后，才闭上眼睛的。

每一次想到宝柱，大帚就觉得肩头上落下了一个很重的担子，就像那块索去宝柱生命的巨石一样重。

三

四叶只哭了三天就不再哭了，因为婆婆的哭声比她还悲恸，而且总是翻来覆去地哑着嗓子号那一句话：“俺那苦命的儿啊——”

宝柱是独子，四叶的公公婆婆，还有刚上一年级的螺螺，还有肚子里花了2000元领来的二胎指标，宝柱都撒手不管了，因此，四叶便觉得她连哭的时间也没有了。左邻右舍的秋庄稼都开始往家收了。收了黄豆和花生，接着就得种麦子。种上了麦子，央大帚领着，去看看埋在那个山沟里的宝柱，到时候再痛痛快快地哭吧。

四叶并没有像麻二嫂以及骑河镇的碎嘴娘们儿估计的那样，卷起宝柱的八千块抚恤金嫁人，而是到了三天头上，就红肿着眼泡，拉起架子车下地了。来到地头，她看见一个小伙儿把一亩多的黄豆快割完了，是大帚。

四

骑河镇开始有传言，说大帚有孬心眼儿，让宝柱替他顶了石头丢了命，好打四叶的主意。

麻二嫂跟四叶婆婆说这些话时，四叶婆婆直摆手，但麻二嫂没看见，只管溅着吐沫星子，并再三交代四叶婆婆，甭让人拐跑媳妇，再带走孙子。

四叶和大帚从麻二嫂背后一人多深的垄沟里爬了出来。四叶瞪了麻二嫂一眼说：“我嫁人不嫁人，是我自个儿的事儿。我就是真的嫁给大帚，又咋了?!”

麻二嫂伸了伸脖子，撇着嘴盯了四叶一眼，又盯了大帚一眼，拍屁股走了。

四叶婆婆就又哭，又流泪，又在号：“俺那苦命的儿啦——”

五

麦种上了，四叶家的活儿干得想找都找不到了，大帚就不再去四叶家了。大帚收拾了一下行李，还准备去那个石矿上打工，四叶来了，死活不再让大帚去。大帚不吱声，只管往包里乱七八糟地塞衣服、鞋袜，还有一个白棉布做的枕头。四叶急了，夺过他那只白枕头说：“宝柱把俺和螺螺都托付给你了，你还想再让俺守次寡?”

大帚愣在那里了。

六

四叶走后，大帚一直在床上翻腾。大帚还是不敢关灯，还是一闭眼睛就看见宝柱。翻腾到后半夜，突然敲开爹娘的房门，跪在了爹娘床前。

大帚说，他要入赘到宝柱家里，替宝柱尽孝。他这条命本来就是欠宝柱的，爹娘有哥哥嫂子照管，就权当没生这个儿子吧。

爹听清楚了宝柱的意思，滚下床把儿子扶起来说：“帚儿啊，爹娘你就别管了。欠人家啥就还人家啥吧……”

大帚转过身来要走时，却看见四叶领着螺螺也跪在房门外。

四叶“咚”地叩了个响头，对螺螺说：“螺螺，叫爷爷，叫奶奶!”

大帚送四叶回家时，四叶说：“我把那对红枕头绣完，咱就结婚。”

七

四叶是失血过多而死的。难产。

医院的夜很凉，四叶的手更凉。

骑河镇离县城五十里，去县血站取血的医生还没回来，四叶撑不住了。“俺想看看俺闺女……”四叶的脸色惨白惨白。

大帚抱来了四叶和宝柱的女儿。她很小，不知道自己刚一降生就会失去爹娘。四叶看了一眼女儿，想抱抱她，却连抬胳膊的力气都没有了。

“俺很冷……宝柱……俺很冷……咱们的女儿也很冷吧……宝柱，抱住俺娘儿俩……抱住……”四叶说话的声音很小，但很清晰。她迷迷糊糊中把大帚当成了宝柱。

“医生，医生——咋还不来啊——”大帚疯了似的喊。

“喊啥喊？来回一百里地呢，你喊也没用。产后大出血，俺见得多了。输不上血，该作啥准备作啥准备吧。”护士在一旁冷冷地说。

大帚想揍她，但四叶的一声呼唤把他拽了回来。最终，四叶怀里抱着那只快要绣完了的红枕头，在取血的医生赶来之前，走了。

八

把四叶送到坟地后，大帚和四叶的婚礼照样举行了。

四叶的公公婆婆被麻二嫂和几个乡邻搀着，站立不稳。四叶的婆婆仍哭喊着那句话：“俺那苦命的儿啊——”

“一鞠躬……二鞠躬……三鞠躬……”螺螺抱着四叶的黑白遗像，大帚抱着包得严严实实的四叶和宝柱的女儿，另一只胳膊抱着一对红枕头，朝四叶的公公婆婆随司仪的喊声鞠躬，一下、两下、三下……

有大帚的男儿泪水，遗落在红枕上那个缺了一只翅膀的鸳鸯鸟上。四叶曾对大帚说：“等鸳鸯鸟的翅膀绣好了，就让螺螺改口给你叫爹。”

但现在，没有人再替四叶绣这只鸳鸯鸟的翅膀了。

报　复

“麻二家，怕是撑不久了……”村主任石夯，正扳着脚丫子抠脚趾缝，村会计老枪踅进了石夯的堂屋。

“唔?!”石夯停下抠脚趾缝的手指，取下嘴上的烟屁股，朝一个缺了条腿的板凳斜了一下眼。老枪小心地沉下了半拉屁股，接过石夯递来的一支皱巴巴的烟，“麻二家，三天都没见她露头哩……”

“唔？去看看，去看看……到这时候了，得代表村委会送温暖……”石夯撂了烟屁股，站了起来。

“主任，那……麻二家的宅子……”老枪把那支还带着脚丫子味儿的烟，敬给了石夯。

“有人味儿吗你？麻二家都快死了，你还算计人家宅子？回头再说，回头再说……”石夯推开老枪的手，就往外走。

麻二家的宅子，是老枪的一块儿心病。麻二家据说是五九年饿死的麻二，在开封当国军丘八时赎来的窑姐儿，一辈子不生养。麻二死后，她就和麻二的老娘守着那处宅子过活。老枪的宅院在麻二家隔壁。麻二家的宅子临着骑河镇唯一的一条大街，要是能把两家的宅子并在一处，那就成了骑河镇的风水宝地了。盖个临街房，开个小卖部，老枪老婆坐在家里不动窝就可以赚票子啊。可是，麻二家熬败了村里的一个个老头老婆，一口气儿硬硬朗朗地活了八十多岁，老枪老婆的那个愿望便一直悬着。

麻二家这辈子活得很窝囊。她那窄窄的、核桃皮一样的干寡脸，见了谁都是一副从来不变的媚笑。

陪麻二家活到骑河镇分了责任田才咽气儿的麻二他娘，自然记恨麻二家没给老麻家留条根的事儿，因此，她活着时，麻二家便吃尽了苦头。麻二家年轻时，骑河镇上的坏小子偷看麻二家洗澡，总能在她白皙白皙的脊梁上、肚皮上、屁股上、大腿上瞧见一道道的血痕。麻二死了，没男人揍她，那自然是麻二的娘干的，但麻二家却一直对婆婆低眉下眼，尤其是那副媚笑，在婆婆面前，一刻也没有消失过。

麻二的娘没死时，因为没了牙，爱吃口煎饼，但前两张煎饼总是摊烂的。这时候，麻二的娘就会骂一句："除了吃，你还会干啥？软蛋都不会下的货！"骂完，就抢过麻二家手里的锅铲。麻二的娘摊的第三张之后的煎饼总是囫囵的，而且锅有多大，她就能摊多大，油碌碌的、薄薄的。麻二家这时便像做错什么事儿的孩娃一样，束着手立在婆婆身边，听她一句接一句地骂；骂急了，麻二的娘有时便劈头给她一锅铲解解气。

这样的情景，住在他们家后面的老枪，自小就经常见到。因为他们婆媳俩是五保户，村里供吃供穿，所以生活就比一般人好些。老枪小时候拖着鼻涕，每次闻见油煎饼的香味儿时，就淌着口水做不了自己脚丫子的主，去讨煎饼吃。麻二家总是看看老枪，蹲在那里自顾低下头去吃破碗里自己摊烂的煎饼，老枪就觉得她连个煎饼都摊不囫囵，活该被人下眼看。

现在，老枪很想快点儿占了她的那片宅子，但麻二家就是不落那口气儿。尽管村主任石夯答应麻二家一落气儿，就把她的宅基地使用证换成老枪的名字，但老枪总怕石夯说话不作数；他甚至听了老婆的主意，跑到镇上的敬老院，要代表村委会把麻二家送到那里去享福，谁知道麻二家却死活不愿去。老枪老婆就不止一次地敲着鸡食槽，伸着脑壳，往前院骂了很多回"光吃不下蛋、死了没人看"之类的恶毒话。麻二家耳朵不背，肯定句句都能听见，但她见了老枪老婆，还是一脸的媚笑……

石夯和老枪脚跟脚走到麻二家的那座瓦房里时，老枪老婆和镇上的几个娘们儿已经把门弄开了。

石夯和老枪见到躺在床上、眼窝深陷、大口大口地喘着气的麻二家时，麻二家脸上依然是那种觍了一辈子的媚笑。石夯弯下腰大声问：“麻二婶，你好福气哦，全村人都来守着你。”

老枪老婆挤进来抢话：“麻二婶，村主任来了。你有什么话，就说吧。”哪知，麻二家看到老枪老婆，混沌的深眼窝里浑黄的眼珠子出奇地亮。她喉咙里“呼呼噜噜”地响。石夯伏下耳朵听了半天，直起腰说：“麻二婶要吃煎饼。老枪家，你受累了。她说要你给她摊张煎饼吃。”

等老枪老婆把面糊拌好时，麻二家突然挣扎着坐起来，由石夯和老枪扶着，坐在了锅灶前。老枪老婆摊了两张，都烂了。要摊第三张时，麻二家“呼”地从板凳上站起来，眼里的光更亮了，脸也由刚才的苍白苍白变得红扑扑的。她麻利地抢过锅铲，用沾了油的锅铲在锅沿上飞快一淋，油便很均匀地向下漫，最后汇到锅底，吱吱地响，香味儿也就一股一股地往上蹿。麻二家顺手盛起一勺面糊，往锅壁上一淋，手中的锅铲飞快地左抹右摊，少顷，看看半熟了，一手揭着煎饼一边，锅铲往下边一伸，“啪”地一声，煎饼就囫囫囵囵地翻了过来；稍停，一张薄薄的、黄澄澄的、香喷喷的煎饼就被麻二家折了两折，铲出了锅。麻二家这套动作，一气呵成，把一旁的人看得一迷一迷的。这哪是将死的人哦？看那利脚利手的精神样儿，活得硬实着呢。

正等着麻二家继续摊时，麻二家忽然转过头，对还没生过孩子的老枪老婆说：“除了吃，你还会干啥？软蛋都不会下的货！”——麻二家说这话时，脸上丝毫没有那种带了一辈子的、大家熟悉极了的媚笑，眼睛里射出来的，是两道让人脊背发凉的冷光……

麻二家终究也没吃上她摊的煎饼。说完那句话之后，就像一个被抽了竹竿的黄瓜秧架子一样，软绵绵地倒在了地上，脸上带着一副很喜庆的样子，找麻二去了。

后来，和麻二家的宅子合二为一后起了三间临街房的老枪，听老婆给他说：“我捉摸了好几回，算是闹明白了——摊煎饼，头两张，锅涩，你本事再大，也摊不囫囵……”

冒官

冒官的祖上做过进士。冒官每次听骑河镇上的老人们说起祖上的时候，眼里总放光。冒官很羡慕做进士的那位祖宗。

但在骑河镇，冒官家上溯八代再也没出过一个当官儿的，哪怕是衙门里的小卒，也没出过一个。冒官很遗憾、很失望。冒官失望之余就想着有朝一日自己一定要当官儿，哪怕是比芝麻还小的官儿——比如天天在学校里说一不二的校长。

冒官就整天寻思这事儿。冒官做梦都想当官。冒官就把名字改成了“冒官”，他认定要从自己家里冒出个官儿来。

上小学时，老师不赏识他，同学们也不选举他——冒官的分数总超不过六十。

小学没上完，骑河镇就闹起了“红卫兵”，冒官也成了“红小兵”。成了“红小兵”的冒官也造老师的反，贴老师的大字报。冒官因为学习不好被“造反派”的头头看中，封为“红小兵”的头儿。冒官能管五六十号人——冒官终于当官儿了。

当了头儿的冒官在学校里很威风，而且管的都是成绩比他好的同学。成绩好的同学平时都看不起冒官，冒官就变着法子整治他们。冒官有一次命令学习最好的班长打他爹——那个当了“走资派”的校长。班长虽然眼里噙着泪，但还是打了。打到最后，校长和班长哭成了一团。

冒官很惬意。冒官从头到脚都舒服。冒官觉着当官的感觉美极了。

冒官的头儿只当了半个月。冒官被赶下台的原因是因为他的名字——当官儿的却是“当权派”“走资派”，冒官把自己的名字改成冒官，那不是“小走资派”？

冒官很沮丧，但冒官坚决不改名字。

冒官后来就再没当过官儿了。冒官巴望当官儿巴望到四十多，也没再沾过“官”字的边。冒官仍然不失望。前两年，骑河镇各村搞民主，选举村主任，会上公布了候选人。冒官谁都不选，就在选票上写了自己的名字，结果，他就得了那一票。

冒官没老婆，当然就没儿女。瞎老娘不但不听冒官管，还捣着拐杖管冒官，因此冒官很讨厌他的瞎老娘。冒官经常回味他当年当头儿的滋味儿，吆五喝六、八面威风，多过瘾！可冒官如今除了他自己，谁也不听他管。

冒官整天想当官，但家里却没钱花。冒官跟了那年他逼着打爹爹的班长崴出了骑河镇，进了省城——去盖大楼。

省城里有省政府，有很多很多的办公楼，冒官知道那里边净是当官的。冒官每次走过那些有办公楼的大门就伸着脑袋往里望。冒官知道从这大门进出的那些锃亮的小轿车里坐的都是大官儿，所以冒官就觉得这些轿车很神气。

当工头的班长有天派冒官去买几根钉。冒官骑着个破车闯了红灯，警察给了他一个小红旗，训了几句罚他跟着红绿灯挥旗子。

红灯亮了，冒官把旗一摆，所有的人和车立即停下来，没有人越过那个小旗子；绿灯亮了，冒官把旗一收，所有的人和车就鱼贯而去。

冒官突然觉得有了当年当头儿的感觉。连锃亮的轿车都得听他的小红旗指挥，这比在骑河镇上混强多了，冒官于是很惬意。

冒官每次上街就专闯红灯，每次挥完小红旗就红光满面、心旷神怡。冒官再看那些办公楼、再看大街上的小轿车，便一只眼睛发亮、一只眼睛黯淡了。

冒官最后一次闯红灯时，被一辆小轿车从脑袋上轧了过去。

冒官死了，死得很惨。

事故科的警察翻遍了冒官的全身，也没有找出身份证之类的东西，仅在他脏兮兮的口袋里，翻出一面叠得规规矩矩的小红旗！

长大了俺都嫁给你

冬来是我在骑河镇读高中时的同学，比我大一岁，今年三十六了。

如果不是小儿麻痹症带给他的那条残腿，他肯定比我混得好。因为上学时他就是班上出类拔萃的好学生。每次考试结束后，班主任郭老师总是推推眼镜对大家说：找冬来对答案吧，他的答卷就是标准答案……

然而，冬来却在他那个离骑河镇十五里地的、叫做鹅脖湾的小村子做了一名小学教师，且至今未娶，固守着三尺讲台一个人打发着东升西落的日头。

冬来也曾经有过女朋友，是俺班当年很崇拜他的一个女同学，叫香荷，人长得很漂亮，学习成绩和冬来不相上下。下晚自习回到大寝室，熄灯后我们谈论最多的女同学就是她。她爸爸在新乡是个什么厂的科长，香荷毕业后没几年就离开骑河镇，随父母进城了。

冬来和香荷相爱的保密工作做得很好。毕业五六年了，我才听说这档子事儿。当时光知道他俩总被老师喊去帮忙改作业、开团会，等等，谁知道他们咋就悄悄好上了呢？

他们的爱情命运和大多数这类故事的遭遇差不多——香荷的父母坚决不同意，放出话来说：“腿不得劲儿吧，只要女儿喜欢他，俺也不干涉她的选择。但一家人好不容易熬到城里了，绝不能让女儿再嫁到黄河滩！”

香荷和父母挺了三年，他们终于妥协了，但要求冬来必须和女儿一起到新乡来。于是，香荷便心花怒放地赶到了鹅脖湾……

鹅脖湾因黄河在村南绕了一个很大的像鹅脖一样的弯儿而得名。这个被大堤圈在河滩里的村子只有八十多户人家、四百多口人。汛期一来，河水一漫滩，就成了一个四面环水的孤岛，但地势却很高，从未遭过水患，按他们一脸自豪的说法是：俺村要是被淹了，怕是连北京城也保不住哩！这也许就是鹅脖湾人世世代代固守家园的原因吧。老辈子不知道是咋过来的，反正现在的鹅脖湾人巴不得早一天离开那个孤岛，融入外面的世界。别的不说，光孩子们上学就是个大问题。村子太小，没有学校，水一上来，孩子们就得一天两趟让大人划着船接来送往，才能到大堤外的村里去读书。很多不负责任或无力应付的家长因为这就眼看着自己的孩子慢慢地变成大字不识一个的“瞪眼瞎”。村里的女孩子就别说了，十个有九个不知道学校的大门朝哪儿开。

冬来因为那条残腿，尽管学习很好也没能去上大学。死了这份心后回到村里，往村支书家里跑了几趟，居然办起了一个学校。从一年级到五年级，全村收了七十多名学生；支书又从村里选了一名高中生给他做帮手，借用了乡邻们的闲房子，全村人兴高采烈地放了几大挂鞭炮，“鹅脖湾小学”就算开课了。

尽管冬来被乡亲们封为“校长”，但在教管部门却没“名分”，他最多算个“编外”民办教师。冬来也不允许孩子们喊他“校长”，所以，一站到讲台上，下面几十张小嘴里喊出来的仍是：“老师好！”

香荷是兴冲冲地赶到鹅脖湾的，但她在那儿住了一个多星期后却是哭着走的，而且那天她直哭得死过去好几次……

本来，村支书找到冬来帮着香荷做工作，乡邻们也都挨家挨户地请冬来和香荷，准备为他们送行了，但几十个孩子却不依不饶。香荷不管走到哪里，总觉得背后有孩子们的目光跟着她，像刀片一样在她身上划。

冬来每顿饭都在乡邻家喝酒喝得酩酊大醉，喝醉了就光说大实话：“俺舍不得离开孩子们哪！可俺没法呀！除了香荷，谁看得上俺呀！”他数落一阵就朝那条残腿上又掐又拧的，香荷拉都拉不住，于是，香荷哭，冬来哭，乡亲们哭，围在院子里的孩子们也跟着哭……

终于要离开那个孤岛了，全村的乡亲们都来送。俩人上了木划子却走不掉——没有船桨！支书骂骂咧咧地差人找，找遍了全村也没见到一个。后来才知道，孩子们早趁着天黑，把所有的船桨都偷走，一把火烧了！

无奈，支书吩咐几个小伙子凫着水，把冬来和香荷坐的小船往对岸拖。俩人噙着泪和大家道别。

岸上的几十个孩子一直抽泣着，这会儿都号啕大哭起来。突然，不知哪个女孩子沙着嗓子哭喊："老师，您别跟那个女的走啊——等俺长大了，俺给你当媳妇！"

"俺也给你当媳妇！"

"俺嫁给你！"

"俺都嫁给你！"

十几个女孩子撕心裂肺地哭着、喊着，刚刚离岸的冬来愣住了……

最终，冬来还是被孩子们留住了，他仍然固守着鹅脖湾小学的三尺讲台，孤身一人打发着东升西落的日头……

之后不久，我因事回了一趟骑河镇老家，多年不见的我们偶然遇到了一起。那天，冬来又醉了个一塌糊涂。他一个劲儿地摇晃着我的胳膊，反反复复地问："你说说，你说说，我是不是很傻？是不是呀……你说话呀！"

我无言以对。

水 苍

日军攻占了开封城，国军扒开了花园口，卞城雨也终于见到了那个水青色的玉麒麟。这之后，他就没再去大相国寺旁边的天声剧社捧角儿了。

卞城雨捧的角儿，叫童栖霞，是天声班唱青衣的台柱子。天声班自黄河北岸的骑河镇一路唱响开封城二百多年，从来还没有因为兵患挪过窝儿，但这次，日本人一占了开封，就严令天声班等剧社的角儿，不许再唱祥符调、不许再吼河南讴，要跟着他们学“君之代”一类的“和歌”，自然，卞城雨就再也见不到童栖霞在戏台子上水袖频甩、顾盼流连了……

卞城雨是“卞和宝号”大掌柜卞今和的独子。卞今和守着祖上传下来的玉石珠宝行，一直在省城经略生意。尽管坐拥祖上传下来的水苍玉麒麟，但卞今和近些日子，却再也没有笑脸。独子卞城雨，读了几年洋学堂之后，居然整天往戏班子里跑，还喜欢上了童栖霞。而且，驻守开封的日军师团长的秘书武田秀三也亲临“卞和宝号”，要求“观瞻”玉麒麟，被卞今和以玉麒麟不在店内为由打发走后，还不知道下一步该咋应付呢。

拧了两天眉头后，卞今和终于把儿子卞城雨叫到密室，让他看了玉麒麟，说：“这是你曾爷在‘跑捻’的时候得到的，眼下又‘跑老日’，咱一家人的身家性命，这回八成要毁在这件宝贝上了……”

卞城雨第一次看到那个拇指大的玉麒麟，眼神儿棍儿一样地直了。听了爹的话，他的喉结动了几下，扭身就出去找童栖霞了……

武田秀三第二次登门时，带来了二三十个日本兵，把“卞和宝号”围了起来。他撩开“卞和宝号”的珍珠门帘时，身后竟跟着一身和服的童栖霞，而接待他的，只有卞城雨一人。

“城雨君，我早就耳闻，秦王嬴政制‘传国玉玺’的资料，曾经被秦相李斯秘制成了玉麒麟。‘传国玉玺’早在明朝初年，就不知所终了，谁想麒麟还存世，而且就藏在贵号。我还知道，始皇帝的那个传国玉玺，是楚国卞和被削二足，终被楚文王所识的‘和氏璧’所制，因此，这个玉麒麟自然也渊自同璞了，其价可倾城，因此令尊大人才视为禁脔，不肯轻易示人……”身穿戎装的武田秀三刚一落座，就直截了当地说穿了玉麒麟的渊源。

卞城雨端起紫檀方几上的青花瓷茶杯，吹了吹浮在面上的几片毛尖芽片，呷了一口香汤后，闭上眼睛，鼻孔微张，深吸了一口气，这才睁开眼睛说：“您说的没错儿。但是，当年，赵惠文王明知秦国是在以十五座城池为诱饵而巧取豪夺，但畏于强秦，只得派蔺相如带着国宝出使秦国……这段典故，想必太君亦有耳闻吧？”

“哟西，完璧归赵嘛……”武田秀三说这话的时候，硬着脖子，目光像蛇信子一样自耷拉着的眼皮底下伸出来，从卞城雨的脸上扫过。

卞城雨轻轻地扣上青瓷茶碗的盖子，瞄了一眼站在武田秀三身后的童栖霞，说：“太君不愧饱学之士，但您知道后来为什么秦昭王没能得到和氏璧吗？”没等回话，卞城雨紧接着说，“是秦昭王只有霸心而无诚意。人有人格，玉有玉品，尤其玉中珍品水苍，有仁义智勇洁此五德，历来为正人君子所佩戴。之所以说黄金有价玉无价，那不是玉无价，而是品格无价！所以，蔺相如要求秦昭王斋戒五天、行九宾之礼，才配……”

卞城雨的话还未说完，武田秀三忽然挥了一下手，站了起来。他攥了攥腰间战刀的刀柄，又低头看了看自己的一身军装，冲卞城雨说：“你的话，我的明白了。开路！”然后就带着那群日军士兵离开了。

五天之后，“卞和宝号”的大门前搭起了戏台。天声班唱着折子戏

《将相和》，但《将相和》里却没有旦角儿。

一身和服的武田秀三车也没乘，一个士兵也没带，身后跟着同样一身和服的童栖霞。他手里攥了一把摹写着“天下第一行书”——王羲之的《兰亭序》的折扇，徒步走到戏台跟前时，转身对童栖霞说：“将相和，嗯嗯，和为贵嘛……”

哪知道，他伸出折扇，刚要去撩“卞和宝号”那个珍珠帘子，忽然“轰”地一声响，屋里腾出一团烟雾，接着，就是冲天火焰……

戏台上下，一阵大乱。武田秀三闪后几步，呆在了那里。

趁乱，童栖霞已没了踪影。

因花园口堤坝溃决黄河夺贾鲁河东去，早先的黄河故道，已近干涸。很多天后，在老河道北岸二十里的骑河镇，人们看到过身着粗布衣的卞今和父子，还有童栖霞。只是，水苍玉麒麟的事儿，再也没有人提起。

天　窗

这是一个让人喘不过气的黑夜。明亮的火烛下，开石机在“嘶嘶”地响着，开石匠蹬着转轮的腿在打战，汗水从开石匠古铜色的脸上，一绺一绺地往下淌；而卞城雨脸上的汗水却不是在往下淌，而是泄。

石屑和水混成的青灰色的稀浆，从开石机的轮片“嘶嘶”旋开的缝隙里流出来，一滴、一滴，砸在所有人的心上。

因为日本人占了省城开封，他的父亲关掉祖上传下来的珠宝行。在他的老家骑河镇猫了小半年之后，卞城雨跟舅舅周庆轩一起来到了西南边陲小城腾冲，学做茶叶生意。然而，前些天，就是这块安卧在开石机旁的巨大毛石，将他引了过来，并赌上了所有的资产。

在骑河镇，卞城雨没上路之前，他的父母把所有的家产和儿子一起，托付给了周庆轩。卞城雨的母亲拉着弟弟周庆轩的手哭了半天，要弟弟一定照看好他们的独子。而周庆轩把外甥带到腾冲后，也不分昼夜、随时随地给外甥讲“好利恶害”“欲不可尽”之类的为商之道。在卞城雨眼里，舅舅是一个沉稳老到、轻利重义，且徐图微入却财源广袤的真正的商人，尤其是他身上的那种“化经略于清风”的“无为而商”的儒雅之气，让卞城雨学一辈子也学不来。但现在，卞城雨却背着舅舅，跑来赌石了。

当然，这些经历，卞城雨没有让毛石的主人唐薪知道，如果让他知道了，唐薪会骂卞城雨是“疯子”。这块从缅甸密支那运到腾冲的、一人多高的毛石，被唐薪赌到手里还不到两天。卞城雨偶然见到后，围着它转了几圈儿，用手摸了几下，就立即断定，这是一块翡翠毛石中的极品——“龙石”！开了“天窗”之后，会让所有懂玉的人为它疯狂！

他已经把从骑河镇带来的六根金条全押上了，还包括舅舅周庆轩刚刚为他置办的瑞士欧米伽纯金雕花怀表及和田羊脂白玉扳指。

但是，开石机已经转动了半天，按照行规，他已经没有退路了。如果这次赌石，他要是走了眼儿的话，只有回到骑河镇去跳黄河。

开石机仍在“嘶嘶”地响着，卞城雨捂着自己的胸膛，他觉得自己的心要跳出来了——那六根金条，是父亲变卖了珠宝行之后，所剩下的最后一笔“血本”。

“咣当”一声，开石机右侧，有巴掌大的一片边角石跌落下来，砸在所有人的心上！随之，在场的人都“唰”地把目光集中到了那个巴掌大的“天窗”上，而卞城雨却紧紧地闭上了眼睛。

所有的人都看得很清楚，“天窗”里透出的，是和这块巨大的毛石外表一样的灰白色。这是一块放到哪儿也不会有人多看一眼的石头，和腾冲城外的山上的任何一块山石没啥区别。

闭着眼睛的卞城雨，已经从在场的人夹杂着幸灾乐祸的“嘘”声中知道了结果，但他只是揩了揩满脸的汗水，依然没有睁开眼睛。

唐薪拍了拍卞城雨的肩膀：“兄弟，行里的规矩，是神是鬼，是宝是屎，这毛石现在都是你的了。”卞城雨这才终于睁开了眼睛……

唐薪还算够意思，施给已不名一文的卞城雨几块大洋，让他雇人把这块废石运了回去。见到舅舅周庆轩时，天已经快亮了。周庆轩还没把外甥的话听完，就号了一声：“小子哎！你可让我咋给你娘交代啊！”接着，“啪”地咯出了一口污血，上下牙咔咔响地叩，浑身打摆子样地颤抖着，端起床前的脚盆冲出卧房，把半盆尿泼向了那个让卞城雨丢了全部家当的“天窗”！

忽然，舅甥俩的眼睛直了——淋上尿液的废石，自“天窗”口冒出一绺难闻的白烟儿，还“刺刺”地响着，一层层石屑慢慢掉下来，原本灰白色的“天窗”，在黎明前的夜色里，闪动着幽幽的绿光！

卞城雨待了一会儿，忽然抄起那个脚盆，解开裤子，自己洒了一泡之后，咬着牙泼向了那个“天窗”。又一阵骚臭刺鼻的白烟散去后，毛石的“天窗”随着剥落的石屑扩大了差不多一倍，一种让舅甥俩窒息的绿光，荧荧闪烁着翡翠之王——“龙石”的光泽！

“小子，你干得好！咱发啦！”周庆轩疯了似的晃着卞城雨的肩膀，声音却是嘶哑的。

一个多月之后，周庆轩带着自己积攒了半辈子的一百多根金条，由腾冲去了缅甸的密支那。他是去和当地的一个部落首领赌山的，赌那座开挖出了被他一盆尿泼出了“翡翠之王”的小山包。原本只懂茶叶生意的周庆轩，是瞒着外甥，悄悄去的。他那时觉得，那个巴掌大的“天窗”，不但是那块毛石的天窗，也是出产毛石的那座山的天窗，更是自己后半辈子大富大贵的天窗。

两年多之后的冬天，在骑河镇的街巷里，人们经常能够看到蓬头垢面的周庆轩，在疯疯癫癫地走路。他一边不时地反反复复掀开脏巴巴的旧衣衫，一边“啪啪”地拍打和衣服一样脏的胸脯，嘴里一直在反反复复地咕哝着两个字：“天窗，天窗……”

复 聪

韩枫从北京回老家，是去找骑河镇上唯一的老中医陈四仙看病的。因为，他失聪了。

“马上要安检了。哥，待会儿，我一转身，咱们就可能相望一生!”从栖栖说出这句话开始，他就失聪了。

三年前，栖栖从昆明来到北京，被聘进这家广告公司时，韩枫的企划部正一团乱麻。凭借她在一家房地产杂志做过实习编辑的经历，栖栖很快帮着韩枫把工作理顺了。在职场上，能者上、庸者下，是最现实的竞争法则。然而，栖栖一直规规矩矩地在韩枫手下，温顺得和刚来时一样。直到一个周末，临下班时，栖栖敲开韩枫的办公室，伸着长脖子说：“今晚有美女请客，赏个脸儿吧？韩经理。”

“嘿，忽悠我？哪儿来的美女啊?”韩枫正在审着一份策划案，头也没抬。

“我不算美女吗?!”栖栖把韩枫手中的红色签字笔夺过来，拍在了案上。

听到“啪”地一声巨响，韩枫呆呆地抬起头——几年来，这个激流里的“北漂”只知道用力划桨，早忘记了自己还是个男人。

但那次晚宴过后，一切都变了，韩枫一下子就从公司编程一样的日子里跳了出来，仿佛回到了故乡、嗅到了骑河镇家家烟囱里冒出来的柴火味儿。但只有两个人在一起的时候，栖栖才把韩枫由“韩经理”改唤成“枫子”。知道了韩枫的打算后，栖栖更是一脸坏笑地声明：我喊的是“疯子”。再后来，当栖栖私下里对韩枫的称呼又由“疯子”改唤成了“哥”时，他们已经把属于他们自己的新公司地址选好了。

“丑媳妇总得见公婆，今年跟哥回骑河镇吧？”

“这就算是求婚了？”栖栖不依，要韩枫先回昆明“见岳父、岳母”。

于是他们计划“十一”回昆明、春节回骑河镇。

但“岳母”听到他们的决定后，却立即在电话里歇斯底里地大吼大叫，随后，“岳父”又在电话里先问栖栖是不是想要他们的老命，又说：“你的工作单位已经落实了，赶紧回家办入职手续！就是你赵叔叔他们局，对，他儿子一直在等你，你们‘十一’订婚，元旦就结婚！”

听到妈妈的尖叫，栖栖只是有些惊恐，但随后听到爸爸猛然扔掉话筒、妈妈在那边喊：“你爸栽倒了！天哪——他的速效救心丸没了！栖栖，你要害死你爸啊！”栖栖终于忍不住了，抱着话筒，号啕大哭。

栖栖必须回昆明了。

韩枫被这场突如其来的变故击懵了，茫然地看着栖栖预订机票、收拾行李，然后帮她拖着那个红色的旅行箱，送她去机场。但栖栖走进安检口时说的那句话，却像矛一样刺过来，从韩枫的两耳间穿过。韩枫浑身一震，脑袋“嗡”了一声——首都机场三号候机大厅霎时如同旷野般寂静。栖栖走了几步，又回头望了一下，伸着长脖子说了一句什么，韩枫看见她的嘴巴动，但耳朵里，却只响着一句话：“一转身，就是一生……”

载着栖栖的那架“空中客车”从韩枫的视野里消失了，这个世界的声音也从那一刻从韩枫的世界里消失了。

韩枫看遍了北京城各大医院的耳科大夫，吃遍了所有大夫给他开的中药、西药，耳朵里却依然只有一个声音：“一转身，就是一生。”

韩枫不能继续上班了。离开办公室那张豪华的老板桌，韩枫站在封闭的电梯里，发现自己唯一能去、唯一想去的地方，只有老家。

于是，他回到了骑河镇，去找了陈四仙。病不讳医，他一五一十地把自己发病的过程和原因告诉了陈四仙。陈四仙眯着眼睛，给韩枫把了一阵子脉，又让他伸出舌头，瞄了一下，说了些什么，韩枫一句也没听见。看韩枫茫然无助地望着自己，陈四仙送给他一个蒲团，然后扯过一张开方的笺，在上面写了一句话："老朽惭愧，此病无药可治。要想复聪，只有一个字——等！"

韩枫按照陈四仙的教导，坐在那个蒲团上早晚各打坐两个小时，但他的耳朵，仍让他与外界的一切声音隔绝开来，唯有栖栖那"一转身，就是一生；一转身，就是一生"的声音，一时一刻也没有停下来过……

韩枫快要崩溃了！

这一天吃过晚饭，韩枫抱着陈四仙给他的那个蒲团，徘徊在骑河镇穿镇而过的凉水河边，望着平静的河水，有了一跃而下的念头。这个念头刚一冒出来，他心里忽然有了一种解脱一切的、前所未有的轻松……

"哥……"

是栖栖的声音！失聪的韩枫不但听见了，而且很清晰！他惊愕地转过头，竟看到薄暮中，栖栖正拖着那个红色旅行箱、伸长着脖子，在跟他说话。

韩枫猛地跌坐在蒲团上，泪如泉涌……

面　具

小嫣大姐其实不小了，她的女儿都上高二了，她却占有了小嫣这个很嫣然的名字。

小嫣是我的同事。我们住在同一栋家属楼上，上班自然也就乘坐同一路公交车。

我们每天都要上上下下的坐5路公交车，跑的都是这个城市的主干道，即使挤上去了，人也跟竖着码起来的布袋一样，连个缝儿都留不下。

让我很纳闷儿的是，每次上车最多不过两三站路，小嫣就可以找到座位坐下来，而我和她同车来往四年多了，却从来没有这样的好运气，一次也没有！

有一天我坐在办公室里闲得实在无聊了，忽然想到了这个问题，便开始很认真地分析小嫣上了车能很快找到座位，而我却永远也没有享受过这种待遇的原因。

首先我从性别上分析，我是男人，而小嫣是女人。国家还颁布有妇女儿童保护法呢，属于妇女一员的小嫣自然要在受保护范围之内的。

其次我从年龄上分析，小嫣四十多岁了，而我还不到三十岁。尽管小嫣不能算老，但是把相比较的参照对象换成我，再加上她已经发福，给别人看起来，也算是“老人家”了。尊老是我们这个民族的传统美德，有年轻人发扬一下风格，给她让座位，也在情理之中。

再次就可能是小嫣的那双眼睛了。小嫣生就的一张娃娃脸，圆圆的脸廓、圆圆的眼睛，连鼻头也像一颗圆圆的小熟杏，而且小嫣整天保持着微笑，笑的时候，两只圆圆的眼睛，立马就会变成两道月牙般的弯弯的缝儿。只不过现在微笑的时候，月牙的尖尖上，多了三五条放射纹而已。同事们每次看到笑眯眯的小嫣大姐，都说能够感受到春天般的温暖。而这温暖，大多来自她那双一微笑就上弦细月样的眼睛……

我于是最终得出结论：小嫣之所以能够很快得到座位，是因为她那温暖的笑容，给她让座位的乘客，也一定和我以及我的同事们一样，从她那笑眯眯的脸上，感受到了春天般的温暖。

把这些问题分析透彻了，我便趁着再一次和小嫣挤上5路车之后，尽可能地和她站得近一些，盯着她的脸去验证我的判断。

然而，我却发现我分析得一点儿道理都没有。

那天小嫣一上车，我忽然发现她从一踏进车门的一刹那，脸上立刻就结了一层冰霜，两只眼睛也不再是上弦细月，变成了透着两束冷光的圆月。她先是把瞪得圆圆的眼睛在她站立的附近轮了一匝后，就靠向一个戴着眼镜的学生模样的男孩，接着，那圆圆的眼睛里，就忽地射出了两道冷箭！对，可以这么说，就是冷箭！因为那眼神儿，绝对是夹带着怨恨、仇视和恶毒的箭镞，在“嗖嗖”地射向那个男孩的眼镜片，而且目不转睛。一开始，那个男孩还熟视无睹，渐渐地，把头偏向一边，避开小嫣的锋芒，但小嫣依然死死地盯着他的眼睛，而且只要那男孩和她的目光一碰撞，那种怨恨、仇视和恶毒的箭镞，就会释放得更密集。不消两站地，那男孩终于落荒而逃了。他站起身来，恐惧地望了望小嫣，吭吭哧哧地在竖着的“布袋”中挤着，躲得离小嫣很远。小嫣于是立即坐了下来——她有了座位。

我当时并没有立即否定我此前的分析，我想着要么是小嫣跟那个男孩或者是小男孩的家人有什么仇恨，要么是那个小男孩哪个地方冒犯了小嫣，再不然就是小嫣今天从家里出来之前遇到了什么不顺心的事儿。但是，小嫣一下了公交车，一迈进单位的大门，脸上立即浮上了我以往熟悉极了的春天般的温暖微笑……

如是，我观察了小嫣好几次，无一例外，都是这样。不过，她登上5路车后，选择的放“箭镞”的对象，都是些一眼就能看出来的初、高中学生之类的少男少女。我似乎悟出了小嫣每次都能得到座位的奥秘。

有一次单位聚餐，我趁着她和领导们很爷们儿地山吃海喝，正在兴头上时问她：“嫣姐，你在上下班的公交车上，怎么和单位里判若两人啊?”

小嫣很明显地愣怔了一下，立即又笑眯眯地说：“兄弟你说的什么意思啊？我不明白。”

我讨了个没趣，于是也打了个哈哈，继续喝酒了。

那以后，我再看到小嫣的那双“上弦细月”时，就觉得像是用刀子刻上去的那样机械，而且让我如芒在背，不敢正视。

奇怪的是，再乘坐公交车时，小嫣的眼睛就一直保持了跟在单位一样的亲和笑容，但她依然每次都能很快得到座位，而我再捉摸、再分析时，便如一团乱麻，理不出头绪了。但我从那时起，却越发害怕看到小嫣那张笑眯眯的娃娃脸了。

笑眯眯的小嫣依然整天笑眯眯的。不久，她升任了单位办公室主任，那笑容就越发温暖了。我却更不敢正视她那双整天眯成一道缝儿的眼睛，总觉得我是车上那个被她释放“箭镞”的小男孩……

娘亲的影子

微波荡漾的河面和拂面而过的和风在温暖的秋阳里让党恩身心旷达，虽然一上午垂钓的收获不多，但这秋天里散发着的庄稼成熟的味道，仍让他十分惬意。

骑河镇没有党恩的亲人。这么多年来，尽管在省城混得不错，党恩却总觉得自己的根就在这里，因为是骑河镇的乡邻们在凉水河边的那棵老柳树下，把他的命捡回来的，所以，逢了假期，他就隔三差五地回来看看，到凉水河里钓钓鱼，一个人，静静地想些心事。

凉水河的河面上，阳光闪闪烁烁地跳跃着，浮子的一点点红色在阳光里浮动……

党恩的肚子咕噜噜地响了几下，他下意识地看了看腕上的手表：下午一点多了，嗯，是吃午饭的时候了。

鱼儿不吃钩，但党恩得吃饭。他放下渔竿，攀上了河岸。他带来的食品还放在摩托车上的袋子里。

钓鱼，是需要安静的。因此，每次党恩总是在村子里借辆自行车或摩托车，溯凉水河的上游走出四五里地，到那棵他记事时就戳在那里的老柳树下，打窝、下钩。

党恩取午饭的时候，看见那个老妇还没走，仍在刈倒的玉米秆上一棵一棵地扒寻着那些秋收后遗留在上面的玉米穗儿。

党恩知道，凉水河以西、他常来钓鱼的这棵老柳下的责任田是这老妇家的。从春到秋，几乎每次来钓鱼，党恩大都能见到她在这块田里劳作。但这位老妇不是骑河镇的，因为党恩不认识她。碰面的次数多了，有时他们也互相点点头打招呼，却从未说过一句话。

党恩坐在摩托车的车座上，开始了他的午餐——吃那两袋儿早上装进包里的蛋糕。

这位老妇为什么总是一个人在忙碌呢，她的儿孙呢？她在太阳下忙了半天，篮子里的收获却只有不到半篮、小得可怜的玉米穗儿，这也值得她扒上半天？党恩一边吞咽着蛋糕，一边望着老妇窸窸窣窣地扒玉米秆……等他觉得有点儿干渴时，才发现忘了带水。

凉水河这段河道的四周，离得最近的村子就是骑河镇。没有人烟，上哪儿去弄水喝？

没有水喝的党恩一口蛋糕也吃不下了。他抚着胸脯、搓着下巴绕着摩托车转了两圈儿，目光落在了地上的玉米秆儿上。党恩想起了在骑河镇上小学时，老师领着他们到玉米地里讲玉米的雄蕊、雌蕊、授粉和出穗的事儿。伙伴们听着听着，嘴里不知道啥时候嚼开了玉米秆儿，咔叽咔叽……

党恩的嘴里淌下了口水：对啊，没有水，今天就指望玉米秆儿解决问题了。他寻了一根，叶没扯完，就啃了一口大嚼起来，嗯，还是二十多年前的滋味儿。

“俺老早就看出你是个城里人了。城里人也吃秫秸秆儿？”不知道啥时候，那老妇坐在了党恩面前。党恩望着老妇，脸有点发烫：“忘了带水，嘿嘿……”

“噢——那这大长一天，可遭罪了。”老妇撩起衣襟擦了擦额头上的汗。

“凑合吧……”党恩嚼了半根玉米秆儿，止住了干渴，继续吃蛋糕。

“秫秸秆儿不甜，没有高粱秆儿好吃，你等着。”老妇没等党恩答话，就转身走了。

不大一会儿，老妇回来了。她走得很快，像有急事似的。

“你尝尝这，看甜不甜?”她把那几根剥得光光的、斩头去根的高粱秆儿递到了党恩手里。党恩感激地看了老妇一眼就开始啃，嚼了一口后，觉得高粱秆儿的确比玉米秆儿甜多了，有点儿近似甘蔗的味道。

“谢谢您!”党恩道谢时，发现老妇的手指在淌血，“您的手……”

“噢，没事儿。老了，没力气了。刚才撇根去稍划破的，没事儿……”老妇抓了一把土摁在了伤口上。

“哎哎……别撒土，不卫生。”

“庄稼人命贱，没啥卫生不卫生的。你快吃吧，吃完了好钓鱼。”

党恩心里一阵温暖，突然想起了刚才的疑虑，问：“大娘，您不是骑河镇的吧? 咋光见您一个人在地里忙，家里人呢?”

“哦，俺是南坝头的。从这儿往南，顺着凉水河，一顿饭的路就到了。唉，老头子早没了。俺就一个儿子，去城里打工，都好几年了……”老妇答完话，脸色黯淡下来。

党恩后悔不该问她这个话题，低下头，猛嚼高粱秆儿……

忽然，党恩停了嘴，愣在了那里，他看到了一种目光，一种令他心颤的目光——那老妇坐在地上两手托腮，专注地看着党恩，眼睛里溢满了慈爱和慈祥。党恩在刹那间觉得自己的眼睛模糊了，因为这种目光他只在梦中无数次地梦到过。

老妇觉察到党恩也在注视她，站了起来：“你忙吧，我该下晌了。”说完，挎上她那小半篮玉米穗儿就往地头走。已经偏西的阳光照耀着她那单薄的身板，地上的一抹身影随着老妇远去，党恩觉得那身板和身影就是他梦中见到过无次数的娘亲……

党恩在骑河镇小学没上完就被接到了县上的福利院，并在那里长大。他从未见过自己的娘亲。

城市符号

这个城市的交通状况太糟糕了。马长缨主任左冲右突地开着车赶到信访办时，他的同事李秋水、岳小念等都还没到。他掏出钥匙还没捅进锁孔，就被人拽住了衣襟，扭头一看，差点儿把早上吃的两个荷包蛋吐出来！

马主任发现自己身旁站着一个像是才从泥坑里爬出来的人。粘着碎梧桐叶屑的头发遮住了他的脸，也遮住了脖子，鸟窝一样架在肩膀上，仿佛要压垮瘦削的身子；沾满泥浆的衣服既没有扣子也没有拉链，拴着一根看不出颜色的领带；裹着两条长腿的裤子，裤腿已经一绺一绺的，差不多是个拖把了。不过，让马主任想呕的，还是这人身上的馊味儿。

“俺要告状，俺要告状……”那人一说话，便吐出来一股呛人的死鱼味儿。

进了门，马主任坐下来，推给他一张上访登记表：“你叫什么名字？哪里的？上访事由……按照这张表格，填吧，然后再说事儿。”

那人抓过马主任递来的笔，认真地在表格上画了“○、¤、⊙、×”几个符号，又写了一行“柳小月之位”，“俺要告状”什么的。马主任只瞥了一眼，就暗自一惊，这家伙的字竟然写得比在信访办专门整材料的岳小念强多了。

“柳小月？这是你的名字？为啥告状啊？”马主任边问边想：这家伙不但字写得好，居然还有这么一个娇滴滴的名字，但他咋这身打扮呢？

“俺要告状，俺要告状……”那人却答非所问，边嘟哝，边在怀里乱摸。

尽管马主任刚调到信访办，但已经遇到过几个精神失常的上访者了。马主任边端着他那个麦饭石茶杯泡茶，边想着怎么打发柳小月：等李秋水、岳小念他们来了之后，还是和以前处理类似问题那样，跟民政部门联系一下，把他送到救助站吧……

“俺要告状，俺要告状……”柳小月边咕哝边把一张本市地图摊到了办公桌上，那地图有一股和他身上同样的味道。

马主任对他说：“你先坐下等一会儿……”然后就躲得远远的，因为他总觉得早上吞到肚子里的那两个荷包蛋在嗓子眼儿里翻腾。

呷了一口茶，压了压那两个荷包蛋，马主任斜眼看了看那张脏兮兮的地图，发现上边也有“○、¤、⊙、×”这四类符号，而且这些符号都在本市的十字街口和丁字街口之类的道路交汇点上；更让马主任纳闷儿的是，除了“○”这种符号之外，其他三类每一个符号旁边，都写着“柳小月之位”几个字，看那字迹，都出自他一人之手……

“哈哈……抱歉啊主任，俺又迟到了。到处堵、到处挤啊！”马主任正纳闷儿着，岳小念一头撞了进来。接着，李秋水也跟脚而入。

“快来快来，你们看看，这地图……”马主任赶紧冲他俩摆手。

“哦，你说这张地图啊？主任，你刚调来，第一次见到吧？我们都见过无数回了。他是咱这儿的常客啦，一来就掏出这张地图要告状。”岳小念掏出坤包里的镜子眉笔什么的一大堆杂碎，对着镜子边补妆边说。

“哦？咋回事儿啊？给我说说……”马主任把那幅地图往岳小念面前一推，岳小念马上捏着鼻子跳开了。

“主任，我给你汇报吧。这人姓路，是个神经病，我们都叫他老路。”李秋水指着地图，开始讲那些奇怪的符号是怎么回事。

原来，这张地图上的四类符号其实是全市路口红绿灯的详细分布情况。他们曾经和交通管理部门联系过，这张地图上绘制的情况，居然没有丝毫差池——“○”是代表街口有红绿灯，而且能保证一天二十四小时亮着；“¤”是代表红绿灯是好的，但只在白天开启；“⊙”是代表有红绿灯，但从来没亮过的；“×”是代表没有红绿灯的街口……

“哦……”马长缨主任的好奇心上来了，“这家伙咋有这怪癖？他干吗要告状？告的是谁呢？还有，这‘柳小月之位’，咋回事儿？”

“我给你说吧主任。”岳小念撂了化妆盒接着说，“我们以前跟老路老家信访办联系过，这才知道，三年前，他和他的女朋友——喏，就是这个叫柳小月的，到咱们这儿来逛街，俩人手扯着手走到一个没有红绿灯的十字路口时，被一辆开得溜快的汽车给撞了，结果，肇事车辆逃逸了，柳小月的命也丢了。老路被抢救过来后，一听说柳小月被撞死了，一口痰没上来，卡住了心窍，就疯了……”

认知障碍

一

你在哪里？你是谁？是谁？

你的爱人呢？他在哪里？

声音空悠悠的，似乎很远，又似乎很近。一潭水在屋里，上面有旋涡。旋涡随着声音，越旋越大。旋涡里冒出一个人，看不清面孔。

门开了，那些质问的声音一下子从门外拥了进来。

童彤醒了。

二

不到八点，童彤就到了值班室。交班大夫肖雨给她说，昨天新收了一个患者，叫晏秋云，腔隙性脑梗死。童彤没有说话，翻开值班记录。记录簿上，出现的却是一波一波的水纹。童彤揉了揉眼，水纹消失了。

进了病房，童彤问晏秋云，你的鼻子呢？晏秋云指了指阳台上的月季花。

今早吃的什么呢？童彤又问。晏秋云说话了，你说俺老头啊？人家都叫他老韩。

唉——你穿的鞋子是你的吗？童彤最后问。林川、林川、林川……晏秋云忽然不停地重复这两个字。

林川、林川……什么意思啊？童彤走回医生值班室，看了晏秋云的头部 CT 片，一个豆粒大的梗死灶正好在大脑皮层的认知区——典型的认知障碍。

三

俺家在群众路。俺家老韩在公交公司上班。你怎么这么漂亮啊？瞧瞧你俺就想起俺年轻的时候……

童彤一直盯着晏秋云的眼睛，没有打断她的话。这种病人自言自语时，与正常人无异，但你不能和她交谈。你一说话，她就会答非所问。

林川，什么意思啊？童彤还是忍不住突然问了她一句。晏秋云一怔。

四

童彤病了，心动过缓，心律不齐，血压很低，压差很小。

好点儿了吗？肖雨一边问，一边给童彤削他带来的梨子。

梨子，又是梨子！那个晚上，他也是这样削梨子的，削完梨子不大一会儿。之后，童彤便停下了所有结婚前的准备。

吃梨子吧，吃了梨子会好些。肖雨凑到童彤跟前。那晚肖雨说的，也是这句话。

出去！童彤吼了一声。肖雨脸色一寒，低着头走了。童彤忽然想自杀。这时手机响了，是郑凡秋打来的。他是童彤和肖雨的朋友。他离婚了，有一个女儿，八岁。

五

你的鼻子呢？童彤又问晏秋云。她每天都这样问，以此来观察疗效。

你今天没涂口红，也很漂亮。晏秋云回答。

唉——怎么会有这样的病啊？老韩在一旁叹气。

你爱人呢？哪个是你爱人？童彤忽然问了一个以前从没问过的问题。晏秋云却原地转起了圈儿。转了几圈儿后，指了指窗外。

窗外，是一座假山。

六

你在哪里？你是谁？你的爱人呢？他在哪里？那个声音又在炸着她的耳朵。

门口立着一个人，好像还有一个人，像肖雨，又像郑凡秋。

你的爱人呢？他在哪里？那个声音更大了，几乎要把耳朵炸裂。童彤慌乱之下随便指了指，立着的人却都不见了。

门口，忽然冒出一座假山！假山上，挂着一颗心，血淋淋的……

凡秋——救我！童彤喊了一声，醒了。

我为什么没喊肖雨的名字呢？那次出去旅游，我跌进水里后喊的是，肖雨，救我！但从岸上跳下来的，却是郑凡秋。

七

你的耳朵呢？童彤问。晏秋云摸了摸鼻子，却指了指暖瓶。

童彤又问，你的爱人呢？晏秋云一怔，没再说话，也没乱指，眼里有泪。童彤叹了口气，走了。

林川、林川、林川……晏秋云在童彤身后说。

八

身体好些了吗？听说你又病了。喏，我女儿给你叠的。郑凡秋边问边从包里拿出一串千纸鹤，又说，等着吃你的喜糖呢，结婚的东西都准备好了吧？

童彤怔怔地望着那串千纸鹤。

你怎么了？郑凡秋站起来，想去摸她的额头。

我想回家。童彤说。

哦，那好吧。回去好好休息。郑凡秋收回手掌，去吧台结账。童彤抱着千纸鹤，坐着没动。

九

你的鼻子呢？童彤问。

别废话了。没用！我都奇怪你咋那么有耐心。肖雨和她一同查房。

你的鼻子呢？童彤似乎没听见肖雨的话，继续问。晏秋云没有回答，她的目光直直地越过了童彤的肩膀。

你的鼻子呢？童彤接着问。晏秋云仍死死地望着童彤身后。

你怎么进来的？现在还不到探视时间。出去吧。肖雨在童彤身后冷冰冰地训人。童彤扭过身来，对肖雨说，别赶他，他是我请来的客人。

林川、林川、林川……晏秋云泪流满面。

十

一个月后，晏秋云出院了，是那个叫林川的男人接走的。随后，她和老韩离了婚。而童彤，夜里也再没有做过那个梦，因为她结婚了。

晏秋云喝下童彤和郑凡秋双双敬上的喜酒后，童彤突然问，你的鼻子呢？

晏秋云一愣，和林川笑成了一团。

洁　癖

梁大阳抬着既粗又短的两条腿，刚转过身子，猛听到身后“啪”地一声响，就又折了回来。

冉思强愣怔着，那只把茶杯扔出二楼窗口的右手，还没缩回来。

梁大阳的脸色立刻像被抽了一耳光，由红而紫。从露着鼻毛的大鼻孔里“哼”出了他的不满之后，很快就阴着脸走了，肉墩一样的身子把办公室那扇米黄色的门，撞得“哐当”一声，估计整个二楼都听得见。

我觉得冉思强有点儿太过分了。他不就进了屋、一屁股坐在了你的办公桌上，然后端起你的那个真空玻璃茶杯喝了一口水吗？整个稽查科，谁不知道梁大阳只要渴了，不管看见谁的茶杯，端起来就往肚子里灌；只要饿了，就到处嚷着拉别人的抽屉找吃的。他是我们的顶头上司——稽查科科长，别说坐在你冉思强的桌子上了，就是坐在你的脑袋上，有啥奇怪的？这下，你小子肯定惨了。

其实，我和冉思强对脸办公才没几天。这之前，我出京南下，去外地协查一起偷税案子，等回到局里时，才知道我又多了个新同事。出差回来第一天，我就发现整个房间被打扫得连窗框边角，都找不到一点儿灰尘，连我的座椅的四个转轮，都看不到一点儿土星子。

一开始，我还以为冉思强刚进国税局，是想给老同志留下个好印象，但第二天，我就发现很多问题了：他上班后第一件事，是去卫生间反复冲洗钥匙包里那串钥匙；然后，就反复擦洗桌子、椅子和我们办公室那扇米黄色的门，尤其是门上那个不锈钢拉手，他擦洗时就跟外科医生手术前消毒一样认真；接着，就忙不迭地拖地、擦窗玻璃；再然后，就去反复地洗手。他在一天之内，居然跑洗手间洗了二十多次手。打扫完卫生就不说了，他翻完一次账册，要去洗一次手；来了客人他去开一次门，要去洗一次手；有人来办业务跟他握了手，也要去洗一次手……

这间办公室就我和冉思强两个人，办公桌挨办公桌对脸坐着。他扔了梁大阳科长喝过的茶杯后，我就想开导开导冉思强，因为他才来局里报到还不到十天，估计是不知道稽查科水深水浅，更不知道梁大阳的厉害。哪知道，还没等我开口，就看见冉思强拿着那条洗得快没了颜色的淡蓝色毛巾，正飞快地在梁大阳刚刚坐过的那片桌面上，晃着头、咬着牙，足足擦了一刻多钟，中间，还反反复复去洗了五次毛巾。不错，是五次，我瞪着眼睛数着的。

冉思强把梁大阳喝了一口水的茶杯扔出窗外的恶劣事件，是我出差回来第四天的事儿。当天下午上班不久，我去我们二楼的洗手间，刚走到门口，忽然看见冉思强躲在洗手间里抽自己的耳光，“啪”“啪”，左一下、右一下地抽。我吃了一惊，赶紧捂着小肚子走开了。

等我从二楼跑上三楼解决完内急问题再跑下来，走到办公室门口时，很清楚地听见一个女人尖着嗓子在教训人：“……我爸五年前费了多大的代价，动了多少关系，才搞到进京指标，把你从那个鸟都不落的穷山窝里弄到北京来。你倒好，一开始邋邋遢遢不像个人样儿，处处给我丢脸；现在又长本事了，连爸的老战友的脸你都敢扇啊你？你脑袋被驴踢了还是被门挤了？别看在大学里你是老师同学都抬举的好学生，我呸！我看啊，你早晚得滚回你家山上放羊去……”

隔着门缝，我看见冉思强低着脑袋，一声不吭。除他之外，办公室里多了一男一女。听了一会儿，我知道一位是冉思强的老岳父，一位是冉思强的老婆。我知道这个时候我不能进去，便叹了一口气，躲到别的办公室了。随后，我就听同事说，梁大阳和冉思强的老岳父是老战友，冉思强能进国税局，就是梁大阳在国税系统招工考试时“做了工作”的，至于怎么“做工作”的，那就不得而知了。

从那以后，我居然一下子就适应了冉思强的各种习惯。他照样天天一上班就洗这擦那，忙得像个陀螺。但我总有种预感，他扔茶杯这事儿，估计还不算完……

冉思强到局里小半年后，夏天到了。局领导号召全局职工趁着双休日去长城脚下深山区局里对口支援的一个山村，帮助老乡搞夏田管理。

果然，那天梁大阳两眼望天，从露着鼻毛的大鼻孔里“哼”出了他的分工指示：别的人，分到各家各户，跟着老乡除草、剔苗，或者干脆就坐在树荫下聊大天，唯独安排冉思强担着粪桶爬山坡，帮一户老乡为梯田的秋苗追施农家肥。我心里捉摸，这可要了这小子的命了。

哪知道，那天冉思强担着粪桶一趟一趟地一溜小跑着，还不停地说笑，就像早晨刚飞上枝头的雀子，担着粪桶跟吃了摇头丸一样兴奋地哼着“我在遥望，月亮之上，有一个梦想在自由地飞翔……”

晚上收工返回时，我明显地闻到冉思强身上有一股臭烘烘的大粪味儿，但他在返回的大巴车上，依然眯着眼，很陶醉地哼着“我在遥望，月亮之上……”

周一上了班，冉思强身上的臭味儿一点儿也闻不见了，但他照样一上班就去洗钥匙，然后反复地擦洗桌子、椅子、门和不锈钢拉手，拖地、擦玻璃，然后再去一遍又一遍地洗手。我问他：“你擦桌子、椅子、擦门拉手，拖地、擦玻璃，甚至一天洗好多次手，我都能理解。你那串钥匙，干吗也要每天洗啊?”

“锁脏，钥匙就得天天洗。”冉思强正用那条洗得发白的蓝毛巾飞快地擦着桌子，看都没看我，说。

穷　殇

盼富大伯盼了一辈子也没盼来富裕。

盼富大伯至今仍和女儿文秀住在那间四面透风、屋顶漏雨的破房子里。

盼富大伯赶了一辈子马车，从前给农业社赶，后来给生产队赶。如今整个骑河镇早都机械化了，马车用女儿文秀的好朋友彩叶的话说早都成了“历史文物”，盼富大伯便时不时地望着那条挂在墙上的马鞭发呆。

那绑着红缨的马鞭是盼富大伯的荣耀呵！因为一辈子攥着它，骑河镇方圆十里八乡别问姓名，单单说出“车把式”仨字儿，就能找到盼富老汉。但马鞭不能给盼富大伯“改革”来钞票，马鞭也不能给盼富大伯“开放”来新房。眼看别人家都富得流了油，只会赶车、没有其他本事的盼富大伯只好守着那杆马鞭和四处透风的破房子受穷。

跟着老汉盼了一辈子富的老伴儿突然犯了“痧”（急性肠胃炎），拉到县医院要交一千元押金。盼富大伯拿不出，也不愿觍着脸儿去求人。老伴儿最终在女儿文秀的哀哭声中闭上了双眼……

一向低眉顺眼儿的文秀哭了三天，不吃也不喝，最后，她连招呼也没打就跟着彩叶走了……

俩闺女一走两年没消息。

两年后，文秀和彩叶突然坐着锃亮的小轿车回了骑河镇。

昏黄的电灯光下，文秀让爹看她带回来的那只皮箱子。文秀对爹说这是密码箱，不用钥匙，拨几个只有她自己才知道的数码就能打开。皮箱子打开了：里边是一沓一沓的钞票，规规矩矩地码了整整一箱子！

盼富大伯手里的烟头掉到衣襟上，直到冒起来的煳味儿呛到了他的鼻孔里，他才从惊愕中回过神儿来。

文秀又给爹带来了他想都没敢想的茅台酒、三五烟、老人参和大彩电，还有一件大翻领的棉皮袄。

文秀对爹说，城里的事儿忙，过几天俺还得回去。你把这钱花了吧！盖一所镇上最漂亮的小洋楼，再给娘的坟修修，立块碑……

末了，文秀的眼里溢满了泪花：爹！咱不穷了，不穷了呀——话没说完就扑在盼富大伯的怀里呜呜地哭了……

盼富大伯就按闺女的吩咐忙开了。红光满面地在镇上揣着三五烟扬眉吐气了几天后，他却听到了关于闺女在城里挣那箱子钱的闲话。

夜里，在那座依旧四处透风的老屋里，盼富大伯绷着脸、掐着烟问文秀：闺女，爹盼了一辈子富，让你了了心愿，爹高兴，可爹不愿花不明不白的钱。说说，这一箱子钱是咋赚的?

文秀一愣。

文秀终于也没有说出这钱的来路，却盯着墙上那杆马鞭上的红缨说：爹，您甭想得太多……爹，等房子盖好了，您再给俺找个后妈吧。闺女不在身边，您老有个伴儿，冷了热了也好有个照应……

盼富大伯的脸阴着，没再搭理闺女。

第二天，盼富大伯就脱了文秀给他买的大翻领皮袄，仍换上从前老伴儿做的小棉袄，闷在家里不出门。

以后的几天里，盼富大伯发现文秀的目光一直躲着他，他还发现文秀老在夜深人静时从墙上取下那条马鞭抚摸着那束红缨发呆、淌泪……

文秀企盼的镇上最漂亮的小洋楼最终也没盖起来，因为她死了。

文秀是在被爹爹照脸上掴了一耳光之后才死的。因为盼富大伯从跟文秀一块儿回到骑河镇的彩叶口中知道女儿生了一种比癌症还要命的病，也是一种让他最没脸见人的病。一辈子没动过女儿一指头的盼富大伯回到家一句话没说就黑着脸掴了女儿一巴掌，文秀便在当天夜里吃了她随身带着的安眠药。等第二天盼富大伯发现时，文秀怀里抱着那根马鞭、一脸泪痕地直在床上就像睡熟了一样……

太阳正在向一大片乌云里坠落……

飒飒的寒风里，盼富老汉目光呆滞、一脸绝望地蹲在女儿的新坟前，一张一张地焚烧着那箱钞票……

聪明的母狼

等到暮色四合时，她发现她又转回了那棵枯死的大树跟前——她迷路了。迷了路的她想起了小说里的鲁滨逊。

为什么要去追那只漂亮的蝴蝶呢？漂亮的东西极易诱人步入歧途。她懊悔自己不该和同伴们分开。

深山老岭里的白天很美，夜晚却很骇人，她眼前晃动的全是一幅幅狰狞的图像。孤立无助、精疲力竭的她斜倚着那棵枯死的大树绝望了。她想妈妈，也想家……

疲惫至极的她不知道什么时候背靠着那棵枯树在恐惧中睡着了，等森林里透过来的阳光照耀在她的眼睛上时，已是第二天的早晨了。

她醒来的第一个感觉就是饥饿。一夜的惊惧反而使她冷静下来。她不去徒劳无益地寻找同伴了，她想解决自己首先面临的饥饿问题。等她转过身来刚刚迈出脚步时，她看到的场面使她魂飞天外！

枯死的大树的另一侧的草丛里躺着……躺着遍体鳞伤的狼！没错，绝对是狼。她在动物园里见过了无数次，她认识狼——昨天怎么没发现呢？

她惊恐地盯着那匹狼看了几眼，想拔腿跑掉，但一种声音使她止住了脚步。

枯树的根部似乎有一个洞穴，被一块石头堵着，里边发出了叽叽咕咕的声音。这大概是狼巢！

浑身满是干枯的血渍的那匹狼似乎听到了洞穴里的声音，身体微微蠕动了一下——它还没死！

她返身跑开，躲在一块巨石后面惊恐地张望，她看清楚了，那是匹母狼，母狼的皮毛一绺一绺地遍布枯树的四周，它也许是为了保护儿女与其他更凶狠的动物搏斗过，才使自己奄奄待毙的。聪明的母狼用那块石头堵住了家门，小狼们跑不出去，它却再也无力把石头掀开。母狼的身下洒着一片片干涸的血迹，侧躺的肚子上现出一排鼓胀胀的乳房——那里面肯定充盈着哺育小狼的乳汁……

野兽的母爱原来也这么伟大啊！她望着这一切，觉得上动物课时老师讲的狼是凶残、狡诈、多疑的动物的这一概念淡化了……

她想起了自己的母亲，与朋友失散后的这一昼夜里她从来没有这么刻骨铭心地想念母亲，想念自己那个温馨的家……

母狼绝望的眼睛里流出了两汪浊泪。她望着望着，不知道什么时候也泪落两颊。

她忘记了自己身处险境，她忘记了横在草丛里的是一匹以凶恶著称的野兽。她居然从容地走过去，很吃力地掀开了那块堵着狼巢的石头。

一股骚臭的气味扑出来，四五匹毛茸茸、傻乎乎的小家伙欢叫着跑出去，扑在母狼身下，贪婪地吸吮起来。母狼又微微蠕动了一下身体，闭上了眼睛。

她呆望着这个让她感动的场面，忘乎所以地走了过去。

母狼突然折起了头——尽管很艰难，但两只眼睛里射出的那股警惕的、凶恶的光却使她从陶醉中警醒——这毕竟是一群野兽啊！

她头上呼地冒出了一股冷汗，明白了人是不可能与狼亲近的。

那几只小狼吸饱了乳汁，纷纷跑到她的脚下，撕扯着她的裤腿，绕着她嬉闹。她不由自主地蹲下来一一抚摸着它们那毛茸茸的身体——这哪里是凶残、狡诈的狼崽呀，分别是几条小狗娃。

母狼却艰难地抬起头，焦急不安、目不转睛地注视着她。

母狼已受重伤了，它也许只能躺着等死。那这几条可爱的小“狗”终究也会失去保护和抚养而死掉的。

——我要拯救这个相依为命的家庭。她的心里突然冒出了一个连她也奇怪的念头。

她采摘了一些野果填饱了肚子后便开始漫山遍野地转，最后终于为母狼寻来了一些死鸟、死兔之类的尸体，有些已快腐烂了。

平常在家，她连死耗子都不敢看一眼，这会儿她不知道是哪里来的勇气。

她又用自己随身的旅行水壶从附近的小溪里接了些水。等母狼艰难地吞下那些食物并舔了两三壶水后，它已经能颤颤巍巍地站立起来了——她钦佩母狼的生命力。但母狼站立起来后的第一件事就是带领那几匹小狼一瘸一拐地慢慢消失在一片树丛里。

完成了整个拯救行动的她直到看不见狼的身影后才发觉自己累坏了，孤独使她的脑袋里充满了许多无头无绪的想法，但想得最多的是语文老师讲过的《农夫和蛇》、《东郭先生和狼》，她越想越怕，越想腿越发抖……天又晚了，她找了一个自以为很安全的石缝睡下了疲惫的身体……

她第二天是被那几匹狼崽拱醒的。睁开眼时，已是又一个阳光灿烂的早晨，几匹小狼挤挤拥拥地在她的怀里、身边嬉闹、撒娇。那匹母狼蹲在十几步开外的地方望着她，那眼神儿里已没有了警惕与防范。母狼也许自己寻找到了更多的食物，它比昨天精神多了，但仍时不时挥着猩红的舌头舔着遍体的伤口。

她站了起来，怀里抱着两匹小狼竟冲着母狼挥了挥手说：“嗨！早上好！”

母狼望着她，晃着尾巴。

山涧里鸟声啾啾，阳光很好……

……

她脱险后对朋友讲完这段奇遇，望着窗外莽莽的山岭沉思，最后悠悠地说：那是一匹很聪明、很温和的母狼啊！是它把我带出迷途的……

生命都是平等的

茫茫无际的沙漠又掀起了一阵风暴……

探险家下意识地摸了摸背上的水壶。

沙漠里的狂飙来得急，去得也快，不一会儿，骄阳又炙烤着探索家这个天地间唯一的生命。沙漠依然茫茫无际……

沙漠的落日尽管很辉煌也很美丽，但落日同探险家一样孤独——该考虑今晚的栖身之处了。

从迈入这片“死亡之海”第一步至今已经是第二十三天了，应该快走到另一个边缘了，绿洲、房舍以及炊烟也许明天会随着朝阳一起出现在眼前。探险家一边拖着迟滞的双腿跋涉一边在想，但今晚还得栖身于这片没有生命的土地上……

探险家抹着头上油膏一样黏糊糊的汗水，干裂的唇蠕动了几下，他的手又下意识地触到了那个硕大的水壶，但很快就放下了——水不多了，他还能坚持，明天也许见不到他企盼已久的绿洲，那这点儿水就是他全部的生命了。

探险家的目光在天地间的苍穹里四顾着，突然，他在正前方的夕阳下发现了一抹绿色——那绿色被璀璨的阳光涂成了橘红色。

探险家泪如泉涌。

生命啊！只有绿色才是生命的象征，在这茫茫的“死亡之海”里，他的生命不再孤单。

探险家踉踉跄跄地奔向与他同在的生命……

走近了——那是一棵胡杨。它昂立在高天之下、大漠之上，一冠熠熠生辉的绿叶骄傲地向天地间展示着生命的风采。

探险家扔下背囊，扑向那株风雨沧桑的树干，热泪横流地拥抱生命、亲吻生命……

离这株胡杨不远的旁边，还有一株枯干的树木——那也许是与这株绿色曾经相依为命、曾经并肩栉风沐雨的生命，但现在它已经枯死了、终结了——沙漠是毁灭生命的野兽。

探险家垂下了头颅，站在这棵枯死的生命面前致哀。他郑重地弯下了从未向任何困难低头的身躯，一鞠躬、二鞠躬、三鞠躬……他在向一切对“死亡之海”挑战过的生命奉上另一条生命的敬重。

沙漠的夜晚寂寞而寒冷，探险家小心翼翼地捡拾了一段段散落在、半掩在砂砾中的枯树枝。在他看来，这是在捡拾另一条曾经生机勃发的生命的遗骸。

守着一堆用一条沉寂的生命燃起的几堆篝火，探险家在一片温暖中睡下他疲惫至极的身体……

沙漠的夜晚，一片死寂；沙漠的夜晚，也同样危机四伏。突然而至的又一阵狂风，让熊熊燃烧的那堆篝火扑向了那棵绿叶蓬生的胡杨……

惊醒的探险家发现：火焰已顺着与他一样干涸缺水的树干攀援上去，即将触及绿色盎然的树冠……

探险家拼命地用手撩起一掬掬黄沙，拼命地脱下衣服挥舞着扑打，但那丛气势汹汹的火焰依然向上蔓延。探险家想起了他的水壶，想起了那里边所剩不多的生命之水，他迅速起拎起水壶一滴不剩地倾倒在那丛烈焰上……

烈焰熄灭了，探险家几乎是用一条生命拯救了另一条生命——在这个白天温度高达68℃的“死亡之海”里，一滴水就意味着一次生命的延续，但他却不知道明天能不能支撑到“海”的边沿。探险家没有顾及这些，他冲着那棵依然冒着青烟、已是遍体鳞伤的胡杨跪下了，他又一次泪流满面……

此后的第三天，获救的探险家从死亡中醒来后对拯救了他的生命的人说：“我虽然在用自己的生命极限挑战自然，但我善待生命，珍视生命，因为生命都是平等的……”

需要你活着

病房里同时住进来两位病号。

中年病号的病不重，肝炎。医生说无大碍，治疗一段时间就可以出院。

老年病号的病很重，肝癌。医生说很危险，估计治也是白治，该准备啥准备啥吧。

中年病号肩上的担子很重，他管着一个十几号人的科室。他说单位离不开他。

老年病号肩上的担子也很重，他领着一个十几口人的家。他说家里更离不开他。

两位病号住进这间病房后，这间病房就热闹起来。中年病号的家人、领导、同事和亲朋抱着鲜花、拎着补品纷纷赶来探望他。

中年病号很自豪。他对老年病号说："我不能躺下来啊！单位、还有家，全仗我撑着呢。"

没有人来探望老年病号，因为他只是远离这座城市的一个老农。老年病号用羡慕的眼神儿看着这些来来往往的人说："是啊是啊，没有你，他们怎么办呢？"

中年病号的单位有人轮流陪护，再加上家人不离左右，他躺在病床上整日动都不动，连吃饭都不需自己动筷子，有人直接喂到嘴里。

老年病号只有他的儿子一个人守着他，而且他的儿子没来过城市，连上下楼打个饭都能迷路，有时还得老年病号亲自去干这些事。

中年病号的感觉就很好。

一天一天就这样过去了。

中年病号的家人、领导、同事和亲朋仍天天来探望。他们来了，总是重复着同样的话。

家人说："你啥心也别操，安心养病。儿子上学的事儿已经找人办妥了。"

领导说："你啥心也别操，安心养病。单位的事儿，我都替你安排好了。"

同事说："你啥心也别操，安心养病。单位的事儿，还有我们呢。"

亲戚朋友说："你啥心也别操，安心养病。你家的大事儿、小事儿，包括灌煤气、交电费，接送孩子上学放学，我们包圆儿啦！"

老年病号没人来看他，只有他的老伴儿，隔几天跑一趟，向他请示很多在中年病号看起来都是一些鸡毛蒜皮的问题。

"该种麦子了，今年咱家钱紧，少买些化肥吧？"

"咱家的猪该卖了，人家出多少钱才出手？"

"闺女说要出门给你挣治病的钱，想和她同学出去打工，你看中不？"

"四孬家添了娃，咱随多少礼合适？"

甚至连给孙子买个糖葫芦的小事儿，他老伴儿也问："我都进城多少回了，也没给小宝捎过一点儿东西。我看街上有卖糖堆儿的，不贵，一块钱一串儿，咱就给他买一串儿？"看到老年病号点了头，老伴儿才像领受了一个重大指示一样，很放心地夹起她拎的那个破包回家了。

时间又一天一天地过去了……

患肝炎的中年病号由肝炎而腹水，由腹水而不治，越活越蔫儿，最后竟被推进了太平间。临咽气儿时，中年病号硬撑着对老年病号说："我……是个废人了。他们不需要我了……我……我还活个什么劲儿啊……"

患肝癌的老年病号却奇迹般地活了下来，最后红光满面地出院了。临走，他拉着医生的手说："再难我都得活着啊。没了我，他们咋办哪?"

从那以后，医生再治疗那些绝症患者时，总是不厌其烦地对他们说："你要活下去！你的家人，你的亲戚朋友，所有认识你的人都需要你活着……"

为什么不早些撒手

弟弟一家从昆明回来了，很落魄。因为他在那里打拼了六七年，好不容易挣下的一大笔积蓄，被一个骗子骗得不名一文。于是，弟弟便为此什么也不干了，整天咬牙切齿地四处奔波，要找到那个骗子，向他讨债，讨不来，就跟他玩儿命！为了寻找这个不知道藏匿到哪里去的骗子，两年多来，弟弟不仅没挣到一分钱，反而又借下了一堆外债，以至于到后来，连孩子在学校的学费也交不上了。

弟弟爱面子，远在河南的我们，此前谁也不知道他的处境，每次打电话，他都在千篇一律地报平安，到后来连生计也维持不下去了，弟媳才嗫嚅着，断断续续地在电话里把他们现在的处境说了一些。父亲于是便坐不住了，坐火车都觉得慢，我陪着他，飞去了昆明。

下了飞机的第二天，就是万家团圆的中秋节了。弟媳干搓着手，很尴尬的样子——她口袋里，连买二斤月饼的钱都没有了。父亲弄清楚弟弟这两年多来的遭遇之后，心情很不好，但他一直没有责怪弟弟什么。直到当晚吃过晚饭后，他才把弟弟两口子叫到跟前，给他们说：“你们大概都没留意过刚出生的孩子吧？”

“没有……”弟弟不明白父亲要说的是什么意思。

“那你们见过去世的人吗？”父亲弹了一下烟灰，又问。

“也没见过几个……”弟弟和我一样，茫然地望着父亲，不知道父亲为什么问这个问题。

“我见过的多了……”父亲是个在家乡奔波了大半辈子的老中医。农村的医生，是什么病都看的“杂科”，我跟父亲学过三年中医，亲眼见过父亲抢救几位病危的产妇。至于抢救病重濒危的老人，那就更是不计其数了。但我仍不明白父亲在这样的情况下，为什么提及了这个话题。

父亲停了一会儿，接着说：“孩子刚一出生时，都是攥着拳头的；但是人去世后，却都是敞着手心的。书上所说的‘撒手西去’，大概就是这个意思吧。这一生一死，中间要经历的事情太多了。比如说钱财，你挣得再多，生的时候紧紧攥在手心里，但走的时候，却一分钱也带不走，只好撒开手——攥着拳头来，两手空空走。与其这样，为什么不早些撒手呢？早些撒手，就会少误更多的事儿。就跟你们一样，钱既然叫骗走了，报案也报了，自己找也找了，既然都是白费力气，为啥还不早些撒手，趁早再从头开始呢……”

弟弟彻底脱离了那个让他们落魄的环境，从大西南的昆明，一下子迁徙到大东北的哈尔滨，彻底甩下了那个“撒不了手”的包袱，不肖一年，就把生意又做得有模有样了……

那晚，父亲给弟弟讲了很多道理，但我印象最深的，就是这句话：“为什么不早些撒手？”

前方有鱼

头顶有一盏毒辣的太阳照耀着，万物都在打盹。河岸上的树木耷拉着脑壳，向酷暑低头；河床上匍匐的百草，蔫蔫地躺在那里，忍受着摧残；无数的蝉声嘶力竭地鸣叫着，听起来已经分不出远近疾徐了，只有嗡嗡的一片响……

这个时候，在一条刚刚退去潮水的河底，有一个十来岁的少年，斜挎着一个柳条编成的篮子，在软绵绵的、饱含水分的河道里四顾着行走。走一阵，便看见一汪水，于是，就卸下肩头的篮子，在水里用篮子捞来捞去。直到把那不太大的一汪水趟得浑浊得跟周遭的泥地一种颜色了，少年这才或欣喜、或失望地直起腰，继续往前走……

渐渐地，一坑又一坑的小河泛滥过后遗留下的水洼被少年趟过；少年手中的柳条上，就穿起了一条条鲫鱼、鲤鱼，还有鲶鱼、草鱼什么的，都不大，一拃长的样子。

少年很满足，仍在顺着河道往前走，寻找下一汪可能有所获的河水。

这个时候，少年往往已经陶醉在前方的希望中，忘记了头顶的太阳，忘记了旷野里的河道随时会出现的种种危险，忘记了从早上到下午还没吃饭。

太阳终于收敛了一天的肆虐，四周的光线越来越暗，少年这时才发觉天快黑了，这时才意识到自己该回家了，但他已经搞不清楚自己顺着这个河道走了多远……

于是，少年赶紧在黑夜中返回，一路小跑，气喘吁吁。一边跑，一边还小心翼翼地护卫着篮子里一串或者若干串一天的寻找后，所得到的那些小鱼，心里还总合计着，大的该让父母吃，小的该让弟弟妹妹吃；而少年自己，吃不吃鱼已经无所谓了。少年已经完全沉醉在对前方的希望的追寻后所获得的成果的成就感之中了……

这个少年就是二十多年前的我，那条河就是从我故乡穿村而过的小河——一条人工开挖的、发源于黄河，最终又注入黄河的排水河。

这样的场景在我的少年时，几乎每个夏天都会重演；而每次我忘乎所以地在大水过后的河道里追寻前方的希冀后，疲惫地回到家里，往往会遭到父母的呵斥，甚至挨揍；但在下一次河水回落后，我依然如痴如醉地悄悄溜出家门，去寻找满河泥泞中、前方的希望……

我那时执拗地相信，只要你顺着希望之河一直寻找，前方，就一定有鱼，等着我去捕捉。

多少年过去，我在前途迷茫的时候，总会忆及少年时这些往事，总会被当年自己对希望的追寻而感动；然后，再从这种感动中获得动力。

我一直相信，只要一直顺着希望之河执著地行走，前方，就一定有鱼！

母亲的呼唤

养育了四男二女的妈妈一天天苍老了，岁月和艰辛给她遗留了一身疾病。经不住我家书及电话的再三催促，她才来省城就医。

那天，妻子有事不在家，妈妈就动手做午饭。我领着儿子在离家不远的铁道边上给他讲着："从前有座山……"之类的故事，忽然，耳畔响起了一声久违而又熟悉的呼唤：

"学哎——来家吃饭了！"

我的心里骤然涌上了一种亲切！离家十多年了，我又听到了这伴我长大的声音。我和儿子回过头来——妈妈倚在我住的院子的铁门框上向我们招着手。这熟悉的呼唤和这熟悉的身姿，曾无数次地出现在我儿时的记忆里，只是眼前的妈妈，头发开始灰白，身影也开始佝偻……

小时候的我，顽皮得出了名。那次潜伏在田垄里，计划等看瓜的二爷睡觉了好摸进生产队的瓜地里，去偷那个留做瓜种的大甜瓜。谁知道二爷还没睡，我却伏在田埂上进入了梦乡……

正做着抱住那个面得裂了口的大甜瓜狼吞虎咽的梦，悠悠地妈妈的呼唤似乎从很遥远的地方传来："学哎——"

我猛地惊醒了！擦了擦口水、揉了揉眼睛，才发现已是满天星斗。循着那声呼唤跑过去，妈妈正踉跄在田间的小路上，眼睛四顾着，却不留意脚下的坎坷！我怯怯地小声应了一声，就习惯地拽住了妈妈的衣角。妈妈喜出望外，蹲下来搂住我，忙不迭地问我是迷路了还是净顾了玩儿忘了回家了，饿不饿，冷不冷；没有呵斥我一句。

那天妈妈从傍晚一直找我到半夜，几乎跑遍了所有我知道的地方。路上她跌进水坑，丢了一只鞋，膝盖上的那个大口子回到家还汩汩地淌血……

从那晚以后，我乖乖地老实了几天，并开始每次出门都对妈妈打招呼。

那时，爸爸在乡医院上班，一星期才能回家一次。妈妈带着不会走路的小妹每天都没有歇息的工夫，做饭、洗衣、喂猪，还要准时到生产队里上工。我和妹妹、弟弟他们，却只知道玩儿。于是，妈妈就断不了地满街呼唤着找我们，我家的小巷里就时常回响着妈妈那“学哎——”的声音。在妈妈的一声声呼唤中，我们兄弟姊妹一天天地长大成人了，我也读了高中。

我就读的高中在离家六里多地的骑河镇。同学们大都住了校，我也一样。逢星期天和星期三走路回家拿一回玉米面窝头，就着学校食堂里卖的稀饭或菜汤解决一日三餐。高二寒假前的那个星期天，我因星期一要考试而临时抱了一天的“佛脚”。没想到第二天上午，妈妈竟把馍给我送到了学校里。从来没有到过我们学校的妈妈当然不知道我在哪座教室，她就挨个地找，一声声“学哎——学哎——”地喊着，考场上的寂静使这尽管很小的声音也显得很响亮。我听到这熟悉的呼唤，条件反射似地“腾”地站起来跑出了教室。监考的数学老师跟出来，吊着脸训斥我没有举手就擅自离位，还粗暴地推着妈妈让她快些离开，说她也不看看这是啥地方就瞎喊，惊扰了考试谁负责任？

寒风中的妈妈怀里抱着用她的头巾包着的一兜馍，站在那里被数学老师唬得诚惶诚恐，连连道歉。数学老师仍然凶神恶煞，不依不饶。我气上心头就护着妈妈和他吵了起来。妈妈却平生第一次抬手打了我一耳光。

我觉得受了莫大的委屈，赌气跑回村里，躲着妈妈不回家。那天晚上，在麦秸堆里一直躲到天黑的我，又一次听到了“学哎——回家吃饭吧”的声声呼唤。我想起了小时候那个满天星斗的夜晚，想起了妈妈淌着血的膝盖和至今还留在那里的伤疤，泪水渐渐地模糊了双眼……

后来，我来到了这个繁华的都市里，整天为生存而忙碌着。城市的喧嚣渐渐淡化了儿时萦绕在心头的、母亲的声声呼唤；城市的楼宇渐渐隐去了妈妈那模糊的身影。如今，我在这都市的喧嚣里又听到了妈妈的呼唤。循着这耳熟能详的声音，我似乎找回了失落在故乡的小巷里、却在妈妈的呼唤中捎回的童年……

红皮鸡蛋

早上一起床——哦，严格地说，是近中午了才起床。最近把这日子过得阴阳颠倒，晚上拼命熬夜，白天就猛睡懒觉。人总在自主不自主地营造平衡，作息时间也一样。你睡得迟了，肯定就起得迟。不然，纵是铁人，也吃不消。

临近中午起了床，洗漱完了，自然要做功课一般地去吃“早饭”。餐桌上放了一只碗，里边有几个鸡蛋。我正诧异时，妻子说：“今天你过生日。老规矩，吃鸡蛋吧。”

我便骤然生出点儿小感激。妻子平时大大咧咧，但每到我的生日，我总是忘记，而她却总是记得死死的，准会在这天早上，变戏法一样端出一碗鸡蛋来。

尽管早已对煮得淡不叽叽的鸡蛋不稀罕了，但每年的生日妻子煮的这碗鸡蛋，我都会很高兴地吃几个——尽量地吃，让她看着我，认为我贪婪地对这煮鸡蛋很喜爱。不然，她也许会失望一年。

今年她照例坐在一旁，并给我一个个剥着鸡蛋皮，然后看着我吃一个个吃下去。我无意中瞥了她一样——她那眼神儿，让我不平静起来。

她看我的那种目光，是一种很满足、很专注、很陶醉，甚至很幸福的眼神儿。我咀嚼时，她的嘴巴也下意识地在跟着微微蠕动。

因为生存的压力，我整天在这个社会上疲于奔命，投在她身上的目光越来越少了。能够这样静静地注视我，不知道从什么时候起，成了她很珍惜的相守时刻。她每次流露出这样的抱怨，我便在心中检讨自己一次，但这检讨总会被每天的忙碌淹没。

今天我事情再多，也不出去了——就为这十几年来，每到生日就会出现的一碗红皮鸡蛋。

吃过了“早饭”，妻子问我，晚上怎么办？还像往年那样，请几个朋友到酒店里，陪着你高兴高兴？

我不假思索地说，今天我哪里也不去了，就待在家里。客也不请了，蛋糕也别买，就你、我，还有儿子，咱随便在家里吃点儿什么吧。

妻子脸上滑过一种很满足的神色。

本来说的要好好地守在家里，网也不上，书也不看，工作也撂了，就这么偷懒一天的，但接着的一个电话，又使我改变了想法。

电话是远在老家的母亲打来的。她怕浪费电话费，匆匆忙忙地说了没几句话：“学哎，今儿个你过生儿，你们没忘了吧？我就给你说，你可千万别剃头、别刮胡子啊。你属小龙，小龙也是龙呢，剃头刮胡子，那是截了龙须呢……”

放了电话，我忽然想回老家，看看老爹老娘。

失去的棉鞋垫儿

年前的那场大雪中，有一个日子是岳母的忌日。我们没有回到那个寒风中旷野上的茔前，晚上也没有月光，妻子用古老的方式，对着夜空，向远方的故乡奉上了虔诚的祭奠……

这是与岳母永别后的第几个年头了?!

那晚，我的思绪随着纸锞燃起的袅袅青烟，飘过城市楼宇的缝隙，回到了15年前……

刚与妻子相识的时候，我因为家境不宽裕，每逢年前都需要走村串户地给人家将要出嫁的姑娘油漆家具，以图挣点儿小钱帮家里过年。在与岳母家相邻的那个村子干活的时候，岳母知道了，她派内弟找到我，说刚下过雪，早来晚去的骑十来里的车，路不好走，天也冷，人太受罪。于是我就很腼腆地住到了岳母家。

油漆家具的活儿不是太累，但每天晚上一吃过饭，岳母就催促我和内弟去休息，她说明天还得早起，睡得晚了歇不过来劲儿，再撑着干一天活儿要伤身体的。那些天，岳母也变着法儿做好吃的，几乎每顿饭菜都不重样。鸡蛋、肉、饺子等等许多在那时很奢侈的东西都一顿一顿地摆上了桌面。有一次我很羡慕地对妻子夸他们家的生活水平真高时，妻子说，你是真傻呀还是装眯瞪，妈把俺家过年的东西先让你解馋了……

那场雪很大，天放晴后，乡间的大路小路就都成了烂泥窝。我的棉鞋早就踩得泥漉漉的，第二天再穿时，早就冻伤了的双脚就像踩在冰块上，又凉又疼。

就在住到岳母家的第三天早上，下了床我刚跳进鞋里，突然觉得脚下不对劲儿：鞋是干的，里边还垫了一双用布包着棉花做成的棉鞋垫儿，穿在脚上，我在这奇冷的冬天里浑身上下都暖融融的……

我向妻子表示感谢，她愣了半天，最后才笑着说："妈真疼你呀！连我都嫉妒你了。"

慢慢地，我才发现，岳母做了两双那样的棉鞋垫儿，每天晚上我睡下后，她就把我踩湿的棉鞋悄悄地拎走，放在煤火上烘干；第二天一大早，再填进干鞋垫儿，悄悄地地放在我的床前……

那年冬天，我的双脚没再长冻疮；那年冬天，我的心里也一直暖融融的……

那时我年轻，还不懂得珍惜，因此那些棉鞋垫都被丢弃了；后来，岳母也离我们而去了另一个世界。但那个冬天里岳母为我带来的温暖，我会珍视终生，永难忘记……

生命都是平等的

茫茫无际的沙漠又掀起了一阵风暴……

探险家下意识地摸了摸背上的水壶。

沙漠里的狂飙来得疾、去得也快，不一会儿，骄阳又炙烤着探索家这个天地间唯一的生命。沙漠依然茫茫无际……

沙漠的落日尽管很辉煌也很美丽，但落日同探险家一样孤独——该考虑今晚的栖身之处了。

从迈入之这片“死亡之海”第一步至今，已经是第二十三天了，应该快走到另一个边缘了，绿洲、房舍以及炊烟也许明天会随着朝阳一起出现在眼前。探险家一边拖着迟滞的双腿跋涉、一边在思考，但今晚还得栖身于这片没有生命的土地上……

探险家抹着头上油膏一样黏乎乎的汗水，干裂的唇蠕动了几下，他的手又下意识地触到了那个硕大的皮囊水壶，但很快就放下了——水不多了，他还能坚持，明天也许仍见不到他企盼已久的绿洲，那这点儿水就是他全部的生命了。

探险家的目光在天地间的苍穹里四顾着，突然，他在正前方的夕阳下发现了一抹绿色——那绿色被璀璨的阳光涂成了橘红色。

探险家泪如泉涌。

生命啊！只有绿色才是生命的象征。在这茫茫的“死亡之海”里，他的生命不再孤单。

探险家踉踉跄跄地奔向与他同在的生命。

走近了——那是一棵胡杨。它昂立在高天之下、大漠之上，一冠熠熠生辉的绿叶骄傲地向天地间展示着生命的风采。

探险家扔下背囊，扑向那株风雨沧桑的树干，热泪横流地拥抱生命、亲吻生命……

离这株胡杨不远的旁边，还有一株枯干的树木——那也许是与这株绿色曾经相依为命、曾经并肩栉风沐雨的生命，但现在它已经枯死了、终结了——沙漠是毁灭生命的野兽。

探险家垂下了头颅，站在这棵枯死的生命面前致哀。他郑重地弯下了从未向任何困难低头的身躯，一鞠躬、二鞠躬、三鞠躬……他在向一切对“死亡之海”挑战过的生命奉上了另一条生命的敬重。

沙漠的夜晚寂寞而寒冷，探险家小心翼翼地捡拾了一段段散落在、半掩在砂砾中的枯树枝。在他看来，这是在捡拾另一条曾经生机勃发的生命的遗骸。

守着一堆用一条沉寂的生命燃起的几堆篝火，探险家在一片温暖中睡下他疲惫至极的身体……

沙漠的夜晚，一片死寂；沙漠的夜晚，也同样危机四伏。突然而至的又一阵狂风，让熊熊燃烧的那堆篝火扑向了那棵绿叶蓬生的胡杨……

惊醒的探险家发现：火焰已顺着与他一样干涸缺水的树干攀援上去，即将触及绿色盎然的树冠……

探险家拼命地用手撩起一捧捧黄沙，拼命地脱下衣服挥舞着扑打，但那丛气势汹汹的火焰依然向上蔓延。探险家想起了他的水壶，想起了那里边所剩不多的生命之水，他迅速起拎起水壶一滴不剩地倾倒在那丛烈焰上……

烈焰熄灭了。探险家几乎是用一条生命拯救了另一条生命——在这个白天温度高达68℃的“死亡之海”里，一滴水就意味着一次生命的延续，但他却不知道明天能不能支撑到“海”的边沿。探险家没有顾及这些，他冲着那棵依然冒着青烟、已是遍体鳞伤的胡杨跪下了，他又一次泪流满面……

此后的第三天，获救的探险家醒来后，对拯救了他的人说，我虽然在用自己的生命极限挑战自然，但我善待生命，珍视生命，因为，生命都是平等的……

舍肉之佛

深山老林里有一座很小的寺院。很小的寺院里有一位道行高深的老禅师。道行高深的老禅师只带了一个小和尚。

小和尚对师父的道行佩服得五体投地。小和尚极想做一个像师父那样道行高深的老禅师，小和尚就经常问师父是如何修炼的，老禅师每次都闭目不睬。

小和尚渐渐长大了，老禅师有了日暮西山的预感。老禅师终于在面壁打坐了许多个时辰后，把徒弟唤到了他的禅房里。

老禅师给小和尚讲了一个故事。

深山老林里有一座很小的寺院。很小的寺院里只有一位道行高深的老禅师。道行高深的老禅师每天都在寺院山门外的一块磐石上打坐。

不知道是哪一天，一只兔子突然跑过来钻进了闭目打坐的老禅师的袈裟里，瑟瑟地发抖。

老禅师的法体仅仅微微颤动了一下，依然双目微闭，依然双手合十，依然一心向佛。

一个汉子追过来。他追着这只兔子翻了好几道山梁，跨了好几条山涧，因为家里已经揭不开锅了，他无论如何也得捉到这只兔子度过饥荒。

“老禅师，请你把兔子还给我吧，家里的老娘已经三天没吃一口饭了。”汉子向老禅师伸出了一双大手。

老禅师依然双目微闭，依然双手合十，依然一心向佛，只是口中诵道：“阿弥陀佛——”

汉子依然满脸渴望地站在原地，依然一遍一遍地恳求老禅师把兔子还给他。

那只兔子在老禅师的怀里抖成了一堆……

对峙良久。

老禅师突然抽出一把戒刀，撩起袈裟，割下自己小腿上的一块肉，血淋淋地捧到了汉子面前。

汉子惊呆了！

老禅师口宣佛号：“阿弥陀佛！施主孝心可嘉，即心中有佛；兔子撞入佛门，亦心中有佛。施主翻山越涧，非为兔子，为肉而已。这块肉，请施主笑纳！”

汉子不懂老禅师的偈语，他手足无措、心惊胆战地接住了那块人肉。

老禅师依然双目微闭，依然双手合十，依然一心向佛。

汉子捧着那块人肉回到了家，把山间所遇讲给了他的老娘。老娘听完，流着泪说：“儿啊，为草木之命的牲畜肯割下自己的肉让你尽孝，你是遇着真佛了，找他去吧！”说完便一头撞死在石头上！

汉子流着泪埋葬了老娘，便去那座很小的寺院寻找老禅师。

老禅师依然在那块磐石上打坐，依然双目微闭，依然双手合十，依然一心向佛——老禅师已经圆寂了……

老禅师讲到这儿停住了，小和尚问：以后呢？

老禅师说：阿弥陀佛。以后那个汉子给你讲了那个老禅师的故事。

小和尚挠了挠光光的脑袋，似乎没明白老禅师这句话的意思，再去问时，老禅师双目微闭，双手合十——老禅师已经坐化了。

小和尚在圆寂了的老禅师的小腿上发现了一块很大的疤……

聪明的母狼

等到暮色四合时，她发现她又转回了那棵枯死的大树跟前——她迷路了。迷了路的她想起了小说里的鲁宾逊。

为什么要去追那个漂亮的蝴蝶呢？漂亮的东西极易诱人步入歧途。她懊悔自己不该和同伴们分开。

深山老岭里的白天很美，夜晚却很骇人。她眼前晃动的全是一幅幅狰狞的图像。孤立无助、精疲力竭的她斜倚着那棵枯死的大树绝望了。她想妈妈、也想家……

疲惫至极的她不知道什么时候背靠着那棵枯树在恐惧中睡着了，等森林里透过来的阳光照耀在她的眼睛上时，已是第二天的早晨了。

她醒来的第一个感觉是饥饿。一夜的惊惧反而使她冷静下来。她不去徒劳无益地寻找同伴了，她想解决自己首先面临的饥饿问题。等她转过身来刚刚迈出脚步时，她看到的场面使她魂飞天外！

枯死的大树的另一侧的草丛里躺着……躺着遍体鳞伤的狼！没错，绝对是狼！她在动物园里见过了无数次，她认识狼——昨天怎么没发现呢？

她惊恐地盯着那匹狼看了几眼，想拔腿跑掉，但一种声音使她止住了脚步。

枯树的根部似乎有一个洞穴，被一块石头堵着，里边发出了叽叽咕咕的声音。这大概是狼巢。

浑身满是干枯的血渍的那匹狼似乎听到了洞穴里的声音，身体微微蠕动了一下——它还没死。

她返身跑开，躲在一块巨石后面惊恐地张望。她看清楚了，那是匹母狼，母狼的皮毛一绺一绺地遍布枯树的四周，它也许是为了保护儿女与其他更凶狠的动物搏斗过，才使自己奄奄待毙的。聪明的母狼用那块石头堵住了家门，小狼们跑不出去，它却再也无力把石头掀开。母狼的身下洒着一片片干涸的血迹，侧躺的肚子上中现出一排鼓胀胀的乳房——那里面肯定充盈着哺育小狼的乳汁……

野兽的母爱原来也这么伟大啊！她望着这一切，觉得上动物课时老师讲的狼是凶残、狡诈、多疑的动物的这一概念渐渐淡化了……

她想起了自己的母亲。与朋友失散后的这一昼夜，她从来没有这么刻骨铭心地想念母亲、想念自己那个温馨的家……

母狼绝望的眼睛里流出了两汪浊泪。她望着望着，不知道什么时候也泪落两颊。她忘记了自己身处险境，她忘记了横在草丛里的是一匹以凶恶著称的野兽。她居然从容地走过去，很吃力地掀开了那块堵着狼巢的石头。

一股骚臭的气味扑出来，四五匹毛茸茸、傻乎乎的家伙欢叫着跑出去，扑在母狼身下，贪婪地吸吮起来。母狼又微微蠕动了一下身体，闭上了眼睛。

她呆望着这个场面，忘乎所以地走了过去。

母狼突然折起了头，尽管很艰难，但两只眼睛里射出的那股警惕的、凶恶的光却使她从陶醉中警醒——这毕竟是一群野兽啊！

她头上呼地冒出了一股冷汗，明白了人是不可能与狼亲近的。

那几只小狼吸饱了乳汁，纷纷跑到她的脚下，撕扯着她的裤腿，绕着她嬉闹。她不由自主地蹲下来，抚摸它们那毛茸茸的身体——这哪里是凶残、狡诈的狼崽呀，分别是几条小狗娃。

母狼却艰难地抬起头，焦急不安、目不转睛地注视着她。

母狼已受重伤，它也许只能躺着等死。那这几条可爱的小“狗”终究也会失去保护和抚养而死掉的。

——我要拯救这个相依为命的家庭。她的心里突然冒出了一个连她也感到奇怪的念头。

她采摘了一些野果填饱了肚子后，便开始漫山遍野地转，最后终于为母狼寻来了一些死鸟、死兔之类的尸体，有些已快腐烂了。

平常在家，她连死耗子都不敢看一眼，这会儿她不知道是哪里来的勇气。

她又用自己随身的旅行小水壶从附近的小溪里接了些水。等母狼艰难地吞下那些食物并舔下了两三壶水后，它已经能颤颤微微地站立起来了——她钦佩母狼的生命力。但母狼站立起来后的第一件事就是带领那几匹小狼一瘸一拐地、慢慢地消失在一片树丛里。

完成了整个拯救行动的她直到看不见狼的身影后，才发觉自己累坏了。孤独使她的脑袋里充满了许多无头无绪的想法，但想得最多的是语文老师讲过的“农夫和蛇”、“东郭先生和狼”。她越想越怕，越想腿越发抖……天又晚了，她找了一个自以为很安全的石缝睡下了疲惫的身体……

第二天，她是被那几匹狼崽拱醒的。睁开眼时，已是又一个阳光灿烂的早晨，几匹小狼挤挤拥拥地在她的怀里、身边嬉闹、撒娇。那匹母狼蹲在十几步开外的地方望着她，那眼神儿里已没有了警惕与防范。母狼也许自己寻找到了更多的食物，它比昨天精神多了，但仍时不时挥着猩红的舌头舔着遍体的伤口。

她站了起来，怀里抱着两匹小狼竟冲着母狼挥了挥手说：“嗨，早上好！”

母狼望着她，晃着尾巴。

山涧里鸟声啾啾，阳光很好……

……

她脱险后对朋友讲完这段奇遇，望着窗外莽莽的山岭沉思，最后悠悠地说：那是一匹很聪明、很温和的母狼啊！是它把我带出迷途的……

鬼 钳

鬼钳是个人，是个八级钳工。

鬼钳没丢饭碗儿的时候，就声名显赫十多年了。

鬼钳之所以声名显赫，除钳工活做得绝之外，还有一绝，那就是开各种各样的锁。据说，结构再复杂的门锁、车锁、保险锁、密码锁等等，一旦犯到他手里，用不了一刻钟，不用钥匙他准能“咔嘣”一声给你弄开。

有家防盗门厂做广告：“撬开赔十万。”鬼钳听说了，“嘿嘿”一声冷笑，找上门去，围着那被吹成“固若金汤”的样品门转了一圈儿，掏出一套奇形怪状的家伙，插进锁孔一阵乱通，照旧没出一刻钟，那“固若金汤”的三保险锁就俯首称臣了。正巧电视台的记者正在为他们拍广告，本想无意中凑个群众演员让大名鼎鼎的鬼钳来证明该产品“万夫莫开”的，结果，广告没拍成，却白捡了一条好新闻。

鬼钳拍了拍手，又“嘿嘿”一声冷笑：“撬开都赔十万，我连撬都不用，咋算呢?”防盗门厂的厂长当场脸色发白，血压蹿升，被“120”拉进了急救中心。

防盗门厂最终也没赔鬼钳一分钱。电视台那条新闻一播，鬼钳立刻家喻户晓，那个防盗门厂的生意也惨得门可罗雀。

家喻户晓的鬼钳竟招来了“110”的警察，要跟他合作，原因是

“110”指挥中心经常接到群众求援：防盗门钥匙忘屋了，汽车钥匙搞丢了，新买的保险柜乱了密码了等等。“110”们气喘吁吁地赶到后，对这类“绝”活百分之百地束手无策，正巧这时电视里播了鬼钳的新闻，公安局长一拍脑门儿，就派警察找他来了……

鬼钳成了随时跟从“110”们出动的编外警察，对付那些五花八门的“死”锁，从没有失过手，不但能及时为市民解除锁“死”之忧，而且那些锁一个一个都完好如初，毫发无损。那些被鬼钳捅开的锁当然也包括那家做过“撬开赔十万”广告的厂子的许多门锁。

公安局为了方便鬼钳的工作，又专门为他配了一个中文寻呼，把号码登在报纸上，大张旗鼓地宣传了一通。

不出俩月，鬼钳就为公安局挣了几十面锦旗，那上面尽是“急群众所急”、“技高艺绝”、“为民解忧”之类的话。

一天夜里，奔波了一天的鬼钳刚躺进被窝，中文寻呼突然又响了，鬼钳一看：又是110让他立即出勤的指令。鬼钳知道那些客户们的焦急劲儿，揉了揉眼跳进裤子里就奔出了家门。

然而，鬼钳这一出去，就再也没能回来——他无声无息地从这个城市消失了，谁也不知道他去了哪儿，就连神通广大的公安局使尽侦破大案要案的一切手段，也没找到他一根毫毛。渐渐地，市民们把这个为民解忧的鬼钳淡忘了。

那家当初宣称“撬开赔十万”的防盗门厂又有一种更复杂、更保险的新锁面世，据说是聘请了国内最权威的防盗专家研制的，这回他们赌得更玄乎：“撬开赔百万！”

“撬开赔百万”的广告狂轰滥炸了很长一段时间后，新产品的现场展示会隆重举行。那位满头银发的防盗专家解说了这种门锁的复杂、严密、智能、神奇的防盗功能后，现场的人无不叹为观止。

正当那位被鬼钳一句话问进了急救中心的厂长正红光落面、神采飞扬、口若悬河、滔滔不绝地讲着话时，人群里突然挤出一个蓬头垢面、浑身脏臭的人来，径直奔了防盗门样品，用嘴叼着一个奇形怪状的东西，在门锁上一阵乱通，“咔嘣”几声闷响后，“撬开陪百万”的神话又告破灭！

这个人扭了脸，双眼像喷了火似的瞪着厂长，一步一步地逼了过去，到了跟前，突然他又一甩头，闪电般地用嘴巴从身上叼出一个什么东西，“咔嚓”一声扣在了呆若木鸡的厂长手上——竟是一副手铐！

“啊！呜哇，哇——”这人是个哑巴！他发了疯地朝瘫在地上的厂长挥舞着胳膊，骇人的是，肉棒一样的两条胳膊上没有手！等人们一涌而上去拉像要疯了、仍在狂揍厂长的哑巴时，才发现这个浑身发着臭气、又哑又残的人竟是鬼钳！

厂长的那副手铐一直戴着，戴到了监狱里，戴到法庭上，戴到了医院里——最终又戴进了火葬场。因为那副手铐光有锁，没有锁孔，谁也打不开。

一包核桃

每到年尾巴上，这个世界的人际关系便空前地融洽起来。相互熟稔的人自不必说，但如果突然有一封贺年信或贺年卡飞来，那寄出者的名字陌生得让你绞尽脑汁也想不起来是哪个朋友，这种背后被人惦记的滋味也不太好受。

从入进阳历12月开始，办公室负责收发的小王便天天给我送来自四面八方的祝福。我照例陶醉了很多日子。年终统计，共收到贺年卡82张、贺年信17封。上面的内容大都是“新年走运”、“新年快乐”之类，偶有生性幽默的朋友，这下逮住了拿我开涮的机会，于是，“自认识老兄之后，谁说河南人坏我跟谁急”“老兄走进新一年，试看天下谁能敌”之类，频频让我感受到“没事儿偷着乐”的美好滋味儿。又因为今年是我的本命年，老话说“本命年是要过坎儿的”，又说“本命年犯太岁，太岁当头坐，无喜必有祸”啥的，所以说，这么多人在俺的本命年到来时，送来这么多的祝福话，我虽然不大相信那些“太岁当头坐”啥的唬人的话，但心里还是乐滋滋的。想着他们写这些“坏”话时一脸坏笑的样子，才突然想起，单位发的20张头儿说“跟作者联络感情”的有奖明信片，原来还是有用的，于是，也忙不迭地、一脸坏笑地去“以卡还卡”了……

20张贺卡撒出去，又“勾”回来一些祝福话。这些，就明显地廉价了，甚至有些是很勉强、很随意、很不情愿的。于是，我开始痛恨自己了。觉得这简直是人家正举行婚礼时来了我这个谁也不认识的贺喜的，只好敷衍着对我说些“啊……谢谢……今天天气真好……”之类的话那般尴尬。

人家背后被我惦记的滋味儿估计也不太好受。这些廉价的祝福除了表现人类的虚伪和无端地给邮局增加一些负担外，恐怕就只有商人在偷着乐了。我又开始痛恨起贺年卡之类的发明者了。

然而，就在前天吧，对，就是昨天！就在我慌慌张张地收拾行囊，准备和妻儿一起回老家与老爹老娘欢度春节的时候，管收发的小王突然给我打手机，说是有我的一个邮包。我颠儿颠儿地跑到单位，小王指着地上的一个很大的装化肥用的编织袋说：“哈哈……大过年的，啥不能寄？寄点儿核桃，够邮费吗？”我拎起来，“哗哗”乱响；又一模，的确是一包核桃——谁寄的呢？看了看下面的地址——那个县城里，我没熟人呀?!

狐狐疑疑地回到家里，把我这“背后被人惦记”的惶恐说给妻子，妻子眼珠一转，说：“今年夏天，你不是去那里采访过一位老复员军人吗？是他寄的吧……”

我一拍脑门，想起来了——那个老人叫王锁！去年，不，现在应该说是前年。前年全国各地开展的“爱心献功臣”活动中，在解决老功臣们的“住房难”问题时，某单位帮扶他的10000元建房款，王锁只得到了5000元，另5000元在半路“蒸发”了。后来，这位参加过抗美援朝的老志愿军战士又托人打电话到我们单位“告状”，于是，接完上访电话后，便给主任汇报一通，主任便指令我去采访调查。

那次顶着烈日，采访3天后回来，在我们的杂志上刊发了一篇六千多字的新闻调查。

实际上，就在我去采访之前，仅仅往该乡打了个电话，等我见到王锁老人时，他那为之奔波了将近一年的10000元帮扶款已全部“到位”了……

这一大包核桃，足有20多斤。王锁老先生的印象在这包核桃上面清晰起来：他在那场保家卫国的战争中失去了本该属于他的健壮的肢体，至今有一条腿还遗留有“USA”牌的弹片。他走路很困难，连那个上访电话都是请外村的朋友代打的。这一大包核桃，他该费多大的周折呀？

我很不安。

我突然觉得那个脏兮兮的编织袋，是我收到的包含着最真挚的祝福的“贺卡”！

你走好

老扯刚坐下来，闷子就被带了进来。

闷子还是那样儿，闷头坐着，用铐着的双手抠棉衣上的扣子。

春节刚过，审讯室冷得有点儿坐不住，老扯只好不停地扯，但是他也不能胡扯，只能不停地扯法律、讲政策、摆证据。

可供老扯摆的证据也没啥。闷子这小子，反侦察能力连老扯都服气：一口气干掉了三个人，现场居然没有留下他的一点儿痕迹。但警察接报赶到现场时，三个被害人中的一个临咽气前，说出了闷子的名字，并说出了闷子的老家——骑河镇。

——孤证无法构成证据链，就看老扯的了。老扯被这个案子逼到了死角里，他必须得到闷子的口供。

他就这样不停地说了快一天了，闷子仍然闷着头坐着，一直在用铐着的双手交替着抠棉衣上的扣子。一旁做记录的小鲍倒是清闲了一天。

“咱俩也算是有缘分呢。”老扯拍了拍桌子上的一叠纸，眼皮抬都没抬地说，“都是六九年人，还是同月同日出生的……”

闷子正在抠着扣子的手顿了一下。

“今天就这样吧。你好好休息，明天咱们还得见面儿呢……”老扯说着站了起来。

“老扯，你啥时候小了两岁？你不是六七年人吗。”回去的路上，小鲍不解地问老扯。

老扯“嘿嘿”一笑，不扯了，喉结呼噜呼噜上下动了几动，没有说话，眼睛往车窗外面的什么地方看。

第二天再见到闷子的时候，老扯跟他扯起了闲话，扯着扯着，不知啥时候扯到小时候抓泥鳅的事儿。说到兴处，老扯旁若无人地哈哈大笑。

这哪儿是在审讯，简直是在侃大山了。小鲍干脆合上了书记簿，也听老扯在那儿扯。

“泥鳅啊，放块豆腐一炖……”两天了，闷子流着口水，说了第一句话。

该吃午饭了，老扯不扯了。他看了闷子一眼，领着小鲍走了。

下午老扯没来，快到吃晚饭的时候了，老扯又把闷子提了出来。

“今晚我请你吃饭!”老扯拍了拍手里的饭盒说。饭盒里倒出了一小盆泥鳅炖豆腐。

“千滚豆腐万滚鱼啊，嗯——香!”老扯很夸张地在蒸腾的香雾上嗅了一下，耸了耸鼻子说。

闷子的手铐卸下来了。他眼睛里有光，盯着那盆泥鳅炖豆腐看了一阵，忽然就风卷残云地“呼噜呼噜”吃了起来，最后，连口汤也没留下。

吃完了，闷子捋起衣袖抹了抹嘴巴，朝老扯伸出了双手，“还戴上吧。”

“哈，我可不怕你把我怎么着了。”老扯晃了晃手里哗哗响的铐子，随手扔到了地上。

“你去骑河镇了吧，我媳妇给你说的我爱吃这一口的吧？只有她知道。”闷子坐了下来，又朝老扯伸出了手，“有烟吗？给一支。”

老扯给他燃上了一支烟，还没等闷子吸下去的那口烟儿吐出来，就说：“你也是从部队上退下来的人了，咋能干这种傻事儿呢？你好好休息吧，明天我们还见面呢。”就走了。

第三天了。老扯刚见到闷子的时候，闷子就说：“别毯软炕我了，你赢了！”

闷子一点儿也不闷了，一口气说了三四个小时，小鲍的手都写酸了。最后，闷子用带着铐子的手指了一下他先前摸来摸去的棉衣上的那个扣子说：“你把这儿撕开！”

老扯“腾”地跳过去，一把把棉衣的外罩扯烂，里边有一个塑料包，打开，是几张纸。一张是被闷子杀掉的那三个家伙打下的欠条，数额是九万多块；还有几张，是这九万多块工钱应该分配的、骑河镇一带几十个民工的名单。最后一张，是闷子摁了指印、签了名字的《民事起诉书》。

老扯一张一张地看完，对闷子说：“你《起诉书》都写好了，为啥不通过法律途径解决，却干这混蛋事儿?”

“我混蛋?!”闷子惨笑了一声，又恢复了老样子，任老扯再问什么，闷在那里啥话都不讲了。

老半天，老扯沉不住气了，骂了一声：“你个混球，还有啥要求，说啊！”

闷子略一想，终于开口说道：“我上路那天，能不能麻烦你给我买一双球鞋？要白色的。”

老扯点了点头。

闷子上路的时候，已经是秋天了。

老扯拎着一双白球鞋来了。闷子接过来，很感激地对他说：“你还记着这事儿啊，我都忘了。”说完，就蹲下来，把自己脚上的那双旧鞋褪下来，很艰难地穿新鞋。他认真地系着鞋带儿，想系一个自己满意的花样来，但他带着铐子，系来系去总不满意。

老扯蹲下来，很麻利地帮他系了一个漂亮的蝴蝶结。站起身来时，老扯看见闷子的眼里有泪。

“我出事之后，骑河镇冇几个人来看我，连我媳妇都不管我了……除了我妈，给我系过鞋带儿的，也就大哥你一个人了。”闷子说完这话，朝老扯鞠了一躬，然后，跺了跺刚穿脚上的那双白球鞋说：“我穿着这双新鞋走，下辈子清清白白地做人！”

没等老扯再扯什么话，闷子就随着押他的两个法警去了。他脚上的镣铐还没卸，“哗啦哗啦”硬生生地响……

老扯仰起头，长叹了一口气，忽然对着快要消失的闷子的背影吼道：“你，走好——”

吼完，他也转身走了。

幽　兰

循着纸片上的地址找到贾老板的家门时，那座小院的门上悬着一条黑纱！

——贾老板出了车祸，连人带车一块儿粉身碎骨了。弄明白眼前发生的事情后，程晓的脑袋“嗡”地大了……

一杯茶快见底了，程晓才知道眼前的这位是贾老板的遗孀，叫谷兰。

谷兰的眼睛红红的，眸子里写满了无奈和哀怨。

程晓搓了搓手，说自己是贾老板生前很要好的朋友，从口袋里拿出二百元钱，说是祭礼，请谷兰收下。说完，转过身去对着那张黑白照片缓缓地三鞠躬。

谷兰怔怔的，没有说话……

临送程晓出门时，谷兰说：“我刚和他结婚半年就出了这天大的事儿。独身一人闯到这个城市，除了他，我谁也不认识，咋办呐……”

程晓看了看她那双泪眼：“如果您信任我的话，我帮帮你吧……”

回到宾馆，厂长在电话那头说：“哎呀哎呀，这下惨啦。这小子，咋就死了呢？算了算了，人都死了，你先回来吧。”

程晓撂下话筒，又想起了那双哀怨无助的眼睛……

第二天再到谷兰家时，程晓已俨然一位当家主事的人，里里外外开始忙活：布置灵堂、购置祭品、联系派出所、联系殡仪馆、通报贾老板的亲朋好友们前来吊唁……到了晚上，连悼词都拟出来了。

听完悼词的草稿，谷兰说："真不知道老贾还有这样一位满腹才学的朋友，就那么一个满脑袋都是钱的死鬼，让你写得……跟几级干部似的。我咋没看出他有这么好呢?"

程晓连忙谦虚："哪里哪里，老贾是我的好朋友，我这也是情之所至。其实，我上学时，作文写得都是兔子尾巴，老挨训。后来为了谋生，才改学服装设计……"

"是吗?"

"是啊是啊。像你，体形很美，就是脖子稍有缺陷，因此着装……不过，明天追悼会上最好不要穿裙子，要穿一套深颜色的套装，样式也要传统一些，不能太新潮了。"

谷兰的眼神有点儿游移，她下意识地瞄了一眼那张端挂在灵堂里的黑白照片，没有再说话。停了一阵儿，她请求程晓陪她守夜。她说院子里被程晓布置得阴森森的，她害怕。

程晓迟疑了一阵，点了点头。

第二天的追悼会上，谷兰依然一袭黑裙，并没有采纳程晓的建议。

从早到晚，程晓忙了个焦头烂额。先到医院拿了死亡证明，又到派出所注销了户口……回到家里时，贾老板的亲朋好友也陆续赶来了。登记完祭礼，他又帮谷兰安排了几辆车。那边，殡仪车也到了。于是，一排车肃然地驶向医院——贾老板还在太平间的冷柜里躺着呢……

连悼词谷兰也委托给程晓了——贾老板干个体，没有单位，自然也就没有工会主席做这项工作。程晓致悼词致得声情并茂，清泪涟涟。贾老板的亲朋谁也不认识他，但都断定程晓肯定是贾老板生前的至亲或挚友。

晚上回到那个小院，程晓一个馒头没吃完就累得睁不开眼睛了。

等他一觉醒来，突然发觉有点儿不对劲——自己穿着背心裤头睡在一张席梦思上，衣服去找不到了。

谷兰听到动静，从客厅里走进来说："你的衣服脏了，我拿去给你洗了洗。真谢谢你了，没有你，我真不知道该咋办呐。”

在谷兰的执意挽留下，程晓在这个城市又待了几天，谷兰说为了答谢他，带着他几乎转遍了这个城市所有好玩儿的地方。这期间，程晓也知道了谷兰和贾老板的一些事情：谷兰还是个学生，在一次学校组织的活动中，认识了风度翩翩、口才滔滔的贾老板。来往了一年多后，贾老板就跟以前的老婆离了婚，随即和谷兰举行了婚礼……

临别，谷兰递上一包东西，说是让他在路上吃的。程晓接过之后才发现谷兰的眼睛里又写满了无奈和哀婉，只是多了许多血丝。临上车，谷兰盯着他说：“你不会再来了吧?”像是说给程晓，又像是说给自己……

那包里的食品，程晓一路上也没吃一口。下了车刚进厂大门，厂长就满面红光地迎了上来：“好小子！四十八万，一分不少，全到账了！快说说，人都死了，你小子用的啥招儿?!”

程晓一愣，没回过来神儿就被厂长拽住了，手里的东西啪地掉在地上——那袋食品散了一地，里边有一个信封，程晓连忙打开：

程晓大哥：

你是我遇到的唯一的好男人。真诚地感谢你对我的帮助……那天洗衣服时我才发现你口袋里的手续……但你知道吗？我也在向他讨债。他死后你来了，几天的相处使我明白，我永远也讨不回这笔孽债了……

信的结尾是两句程晓很熟悉的诗：“幽兰在山谷，本自无人识……”

程晓看完信，没头没脑地对厂长说：“厂长，我明天还得出差！”

赶到那座城市后，程晓才知道：谷兰到派出所自首了，关在看守所里。警察告诉他：谷兰涉嫌故意杀人。

诗样人生

嚼着五分钱一根的咸萝卜，啃着黄澄澄的玉米面窝头读高中时，闵和章都没弄明白诗是用秤称的或是用尺量的。在一个月朗星稀的晚上，两人坐在骑河镇高中后面的小河边上，却你一嘴我一嘴地凑出了一篇东西，回到宿舍，章就趴在床头上分了行抄在纸上，且题名《诗样人生》，斗胆寄给县上的一家小报，竟发表了。

这三千多号人的骑河镇上，名字变成铅字，他俩还是头一回，教过四书五经的陈四贤摸着他俩的头，推了推鼻子上那副镶铜腿儿的镜片儿说："没准儿文曲星落到咱镇里了呢。那么的小年纪竟能作诗文……"

连全镇公认的最有学问的陈四贤都说他俩是文曲星，闵和章更踌躇满志，时常就夹几本庄稼人很少见的杂志，中了状元一样在街上走来走去，瞥了眼去扫乡邻们那赞叹的神色，然后把腰杆再挺直些。

署他俩名字的诗又有几篇散见于县上那家小报上，村主任石夯还陪那家小报的编辑接见了闵和章，说要作为本县的"文学新人"重点培养，他俩就越发名躁四乡，连校长和陈四贤见了他俩都大老远笑眯眯地上前搭话。

然而闵和章却终于没考上大学，铆着劲儿又复习了一年仍无望。

闵和章就不再奢望上大学，发誓要自学成材，整天猫在家里写诗，农活也不屑去干了，可每次寄出去的大作却如泥牛入海。

渐渐地，先是父母们不满了，接着骑河镇上的乡邻们的目光也有点儿异样，唯有陈四贤见了他俩依然推眼镜：“文曲星呵……”

先是章灰心了，揣上六十元钱出去闯世界，一连几年都没消息。

闵却仍恋着诗之女神痴心不改，几年后竟硕果不菲，出了两本诗集都引起了小小的轰动，在那次市长的女儿开着车来找正在地里锄豆苗的闵签字合影后，没停一月闵就入了作家协会，混出了骑河镇，抽调到市里一家报社当了合同工。临上车，随父母前来送行的陈四贤又推眼镜：“文曲星到底落咱村了不是？闵都能去编报纸了，只可惜了章那小子……”

又过了几年，闵却再没写出啥好诗文来，偶尔发表几首，也像大街上的甘蔗渣那样让人不屑一顾，在报社却慢慢熬成了副刊部的主任，并和一位当时很崇拜他的姑娘结了婚，儿子也五岁了。

这天，闵正倦在藤椅里打瞌睡，门卫突然打电话说楼下有人找他。闵下了楼，却看见章从一辆大奔里钻了出来。多年没见面，两人的鼻子都酸酸的。

晚上，章做东，闵带上妻儿赴宴。

章拿出“玉溪”，闵说没学会，于是就开始吃菜喝酒。章说自那次从骑河镇走了之后，辗转南方好几个城市，最后还是做药材生意拼出来了。接着就谈天谈地，谈家谈城市，却都没有谈诗。酒喝了快一瓶，两人说话都开始卡壳。

“看你，一家三口，多好！”章端起一杯又喝了个底朝天。

“咋?！咋……你还没结婚?！”闵瞪着红眼珠问。

“结婚?！结了，还结了两回。头……一回没过几天，那娘们儿卷了我的钱，跑了……”章眼睛似乎要喷火。

“那第二个……”闵的妻子连儿子也不照顾了，伸着脖子迫不及待地追问。

“第二个……不说啦……不说啦……”章一仰脖子酒杯又见了底，“我真后悔，当初没和你一块儿写诗，看你现在……多好，有名气，有家……”

“唉——”闵叹着气拦下章的话头：“可我就是没钱，这么多年了还在郊区租房住……有一回，儿子哭着要买卡通画书，我口袋里都没那几个钱。嘿嘿……写书的人，买不起书啊……”闵最后的一句话像是哭出来的。

“还记得咱俩写的《诗样人生》吗？”章问。

“记得……”闵猩红的眼珠放出光来。

他俩头抵在一起，异口同声开始背诵——

……
每个生灵都在作诗
诗的开头全是呱呱坠地
后来——
却各自谱写了
不同的延续和结局
……

背完了，章说：“明天，咱一起回骑河镇，去看看陈四贤。”

“他早就去世了……”闵看着他开始搓下巴。

章没再说话，目光黯淡了也开始搓下巴，搓了一阵之后，俩人决定，第二天立马儿就回骑河镇。

半年后，骑河镇新建起了一座圈着好几座楼的学校，校名是“四贤学校”。

骑河镇的人听新上任的闵校长说，这新建的学校，全是章出的钱。

戏眼儿

在黄河滩上的骑河镇长大的庄局长是个铁杆儿老戏迷。这两年剧团的日子不好过，他便也有点儿找不着北的感觉。但每逢县剧院有豫剧、曲剧、越调、二夹弦之类的，他老家河南的地方戏演出，他再忙都每场必到，有时甚至还不惜让办公室的郝主任找剧团团长花钱请客，“疏通疏通”，弄个三五句唱词的小角色串一回票友，过一把老瘾。

那次庄局长回几百里之外的河南老家骑河镇，除了给家里的老婆捎回了一包大红枣，给上了火的办公室郝主任捎回了一包清心明目的金银花，再就是从皮箱里倒出了一大堆戏碟，《小包公》、《包公误》、《陈州放粮》等等，全是“黑头”戏。

庄局长最爱看包公戏，但客串票友时却从没人让他当过一回包公。只有一次，他让郝主任塞给一个乡下来的小剧团团长二百块钱，人家才答应让他过把包公瘾，可临上场，团长一听他的嗓子，却说他唱“黑头”绝对没戏，改扮《铡美案》里的“小生”陈世美还差不多。庄局长一听，掉头就走，坚决不干！从那以后，他再也不提串票友的事儿了，只是闲了拉上郝主任在“卡拉 OK”时潇洒吼一回。再有剧团来演出，他仍照去不误。

庄局长爱戏爱得极有水平，再好的角儿上了台一开口，他都能找出毛病来，用骑河镇老家的话说，这叫“掰戏眼儿”。比如那天郝主任陪他看四平调《小包公》，扮“黑头”的女演员刚上场来了一句：“辞皇王赴任离汴京，一路上喜坏我小包拯……”他立即附在郝主任的耳朵上说：“差劲儿，差劲儿！这‘黑头’嫩了点儿，一上场就让人家一梆子敲到了嘴上，掉板儿啦！哈哈哈哈……”再比如又一次郝主任陪他看豫剧《包公误》，扮“黑头”的男演员一开口：“月落星稀三更整，万民沉睡甜梦中……”他就又凑在郝主任的耳朵上说：“假腔，假腔！这角儿原先是唱‘胡子生’的，现在老了，嗓子哑了，又改‘黑头’，不是‘本腔’噢，底气不足啊！哈哈哈哈……”每回掰完“戏眼儿”，就摇头晃脑、神采飞扬地把刚刚被他瞅出毛病的段子重新哼一遍，然后再引经据典地给郝主任批讲一通。

在从江南小镇走出来的郝主任看来，这粗门大嗓的北方梆子戏远没有她家乡吴侬软语的苏州弹评、越剧之类好听——那才是真正的艺术呢！在她看来，这北方戏充其量是一个皮糙脸黑、青春不再的老村妇——就像庄局长的老婆一样。而他们家乡的南方吴越戏，那才是沉鱼落雁、风姿卓越的大家闺秀呢——就像她自己一样。

庄局长照旧拉上郝主任进进出出县剧院，照旧对着郝主任的耳朵“掰戏眼儿”。每回庄局长眉飞色舞地掰完“戏眼儿”，郝主任就极温柔地、很及时地、恰到好处地夸赞几句，看着庄局长高兴了，甚至在暗地里送上一个风情万种的吻，那庄局长就会忘了自己姓啥，“掰戏眼儿”的劲头也更足了……

等郝主任成了郝局长之后，有一天庄局长——不，庄副县长要到省城西安去开会，他照例又拉上了郝主任——哦，郝局长。一路风尘地赶到省城后，又照例在距会务组指定宾馆十几公里远的郊外一家更豪华的宾馆里开了一个套房，并把给郝局长新配的司机小黄甩在了城里，由庄副县长亲自驾车在流光溢彩的都市霓虹里，悄悄溜了出去。

刚出西城门，郝局长突然对庄副县长说：“老领导，你不知道吧，前边不远有个戏曲茶楼。西安的河南人多，肯定有您家乡的戏。临来时，我就打电话点了一个名角儿，那‘黑头’唱的，据说是‘铁喉咙钢嗓子，盖压渭河两岸’哪！这回您肯定掰不成人家的‘戏眼儿’了！咱去听听?”

“唔?!”庄副县长一边开着车，一边心不在焉地说：“小妹妹呀！算了吧。还是快点儿去宾馆吧。咱多少天没在一块儿啦?”

最终，庄副县长还是没拗过郝局长，车停在了她定好的那个戏曲茶楼的台阶前……

“下面是八号台的黄先生为他衷心爱戴的庄先生特意点的折子戏，由著名表演艺术家‘钢嗓子’饰演包公！黄先生祝他衷心爱戴的庄先生夫妻恩爱、白头偕老、地久天长……”戏曲茶楼漂亮的主持人小姐，笑眯眯地来了一段儿嘎嘣脆儿的串场词后，折子戏开锣了。直到这时，庄副县长才突然发现郝局长的司机小黄不知从哪里冒出来了，还为自己点了戏。这会儿，他和身边的郝局长正望着自己笑呢!

“……论吃还是家常饭，论穿还是粗布衣。家常饭、粗布衣，知冷知热结发妻……”那场折子戏竟是庄副县长最不爱看的《铡美案》中的“老包劝美"！饰演“黑头”的“钢嗓子”身着黑色蟒袍、手抚垂胸长须、瞪着铜铃暴眼、板着黑红面孔，唱这几句时，另一只手挥着“朝天指”，竟指着庄副县长！庄副县长的脑门上不知何时淌下了汗……

“钢嗓子”名不虚传，一声声戏词如炸雷贯耳。直到幕落戏毕，庄副县长还愣在那儿，破天荒地头一回没掰“戏眼儿”……

寻觅之圆

与第二十八位姑娘处了几天后，常一终于觉得离婚后寻觅了这么长时间，梦里的姑娘已不折不扣地站在了面前。

他实在找不出妻子的错，但早已把生意做到了国外的常一却觉得越来越与妻子没话说。几乎是文盲的妻子与他接触的那个圈子显得越来越格格不入，两颗曾经同甘共苦的心离得也越来越遥远。他与妻子离婚，只缘于他那段时间几乎每天晚上都梦见一位身材苗条、气质极佳的姑娘都像约好了一样走进他的梦境，与他出双入对，相得益彰地活跃在生意场上。他清楚地记得不知是谁在梦里对他说，这位姑娘会四门外语，是高等学府经济管理系的高材生……但从梦中醒来的常一却无论如何也记不起那位姑娘的模样……

相同的梦境无数次地不期而至，终于闹得常一有了离婚的决心。不是说家庭是社会的细胞吗？既是细胞就要分裂。常一用不知从哪本书上看来的道理安慰自己。他留给妻子一大笔足够她花一辈子的钞票后，便让自己的“细胞”分裂了。

离婚后的常一在几家发行量挺大的报纸上发出了自己的征婚启事，在扼要讲明自己那些绝对能让姑娘们动心的各种优势后，均无一例外地讲明应征者必须身材苗条，气质较好，能掌握四门外语，高校经济管理系毕业等等他那梦中人儿的所有特征——他要寻找他的梦中人了……

启事一经刊出，常一便忙了个焦头烂额。他经过仔细筛选，一个接一个地约见了二十七位姑娘后，几乎到了心灰意冷的地步了。这时却遇上了这第二十八位名叫茹梦的姑娘。茹梦——如梦，光这名字就是天缘啊。何况她不但真的完全符合自己那则征婚启事上的所有要求，而且一言一行、一举一动简直就和他梦里鲜活的人儿别无二至。

世上真有这诗一般的缘分哪！常一在和茹梦处了一段时间后，不由得发出了这样的感叹。而且，从与茹梦相识的那天以后，他那个梦境就再也没有出现过。

梦中的人儿我已找到，那梦境还有什么重要的呢？常一就要携茹梦圆他的梦了。

在常一看来，这让人渴望、让人憧憬、让人焦虑、让人疲惫的寻寻觅觅终于有了一个完美的结局。

再婚后的常一十分惬意，茹梦对他来说简直就像如鱼得水。其精明、干练、聪颖、优雅的举止让他在社交场上如沐春风。他觉得他与前妻那近二十年的夫妻生活真是委屈了自己最美好的年华……

这样的日子过了不到一年，常一的心情却又莫名其妙地灰了下来。他渐渐发现，他和茹梦之间缺少了许多他早已习惯了的东西：比如早晨起来的一杯牛奶、深夜归来的宽衣解带、出差在外的电话惦念、疲乏之后的一条毛巾……他需要这些的时候，前妻都会理解他的一个手势、一个体态、一声叹息、甚至一个眼神儿，而那时，常一却习以为常，从没有像如今这样感觉得这般清晰……

他试图暗示、甚至不止一次地给茹梦明说过他的这些期待，但茹梦除了在业务上、工作上是他无可挑剔的助手外，却无论如何也不能理解他这些早已习惯了的生活细节。她只想用她的一切努力，擦去前妻留给常一的一切痕迹，因此，两个人的生活开始出现阴霾——常一无论如何都无法改变习惯了近二十年的生活习惯……

常一的心情越来越灰暗，一如他与前妻的“细胞”分裂之前的那段日子。

不知道从哪个夜晚开始，常一又有了一个相同的梦境：一位身材苗条、气质极佳的姑娘像约好一样走在一条美丽的小路上，玉树临风地向他招手……这样的梦境出现的次数越来越多，常一终于在梦里看清了那个姑娘的模样——是他恋爱时的前妻！

那条美丽的小路无头无尾，是一个很大很大的圆……